BLACK INFERNO
블랙 인페르노

BLACK INFERNO
블랙 인페르노

오성은

원안 연상호 | 류용재

WOWPOINT
PUBLISHING

차례

블랙 인페르노 · 7

원안자의 말 · 204
작가의 말 · 206

1

＊

 메건은 매일 밤 술래가 된다. 어두운 복도에는 동트기 전의 푸른 새벽이 어슴푸레 스며 있다. 벽에 기대어 선 메건이 조심스레 걸음을 떼면 한 무리의 아이들이 서둘러 달아난다. 메건은 가만히 숨을 고르고 희부연 빛에 의지해 몸을 감춘 아이들을 쫓기 시작한다. 아이들은 손에 잡힐 듯 가까웠다가 별안간 한없이 멀어진다. 문득 메건은 제이든이 없다는 사실을 깨닫는다.
 어떤 얼굴은 기어코 나타나고야 만다. 곰보가 팬 거뭇

한 얼굴에는 수염이 듬성듬성 나 있었다. 왼쪽 볼에는 상흔이 있고…… 아니 오른쪽이었나? 핸들 앞 대시보드에는 해골 모양의 캐릭터가 스프링에 매달린 채 몸을 떨어대고 있었다. 그날 오후에는 두 건의 회의가 예정되어 있었고, 퇴근 후에는 에단의 끈질긴 데이트 신청을 거절하지 못해 생긴 저녁 약속이, 그리고 또, 또 뭐가 있었지. 대체로 그런 것들뿐이다.

이제 기억은 후회의 도구가 된다. 왜 게임기를 사주지 않았을까. 일기예보를 왜 무시했을까. 그동안 왜 이 마을을 떠나지 않았을까. 그날 왜 그 사람에게 인사를 건네지 않은 걸까. 왜, 왜. 그랬다면 결과는 달라졌을까……. 현기증이 인다.

순간 제이든이 메건을 지나쳐 달아난다. 제이든을 향해 몸을 돌리면 순식간에 동이 트고 메건은 침대 위에 누워 있다. 잠에서 깨어나면 모든 기억이 아스라이 숨어버린다. 메건의 감은 눈에서 눈물이 주르륵 흐른다.

*

 어느새 기름진 햇살이 창 안으로 쏟아져 들어왔다. 심장은 무얼 기억하는지 두방망이질 쳐댔다. 언젠가 시애틀의 플리마켓에서 사 온 빈티지 조명과 톰이 직접 만든 마호가니 액자 속의 가족사진, 손톱 끝으로 실밥이 느껴지는 누빔 패드와 지난달 앤에게 선물 받은 헤어미스트의 잔향까지. 여느 날과 다름없는 조용한 아침이 흐르고 있었다. 메건은 아직 완전히 깨면 안 될 것만 같았다. 모든 게 한순간에 사라져버릴까 봐 두려웠다. 톰이 스스로를 저버린 뒤로 메건은 곧잘 그런 상상에 휩싸였다. 그러나 꼭 그 일 때문만은 아니다. 아이를 캠핑 스쿨에 보낼 때마다 예민해지고 마는 건 비단 메건의 경우만이 아닌 것이다.

 메건은 오븐 타이머를 작동시키고 나서야 제이든을 불렀다. 째깍거리는 타이머 바늘이 그녀의 마음을 조급하게 만들었다. 지난밤에 신형 게임기 문제로 제이든과 작은 갈등이 있었다. 친구들 사이에서 유행이라는 생존게임이라는 게 여간 자극적으로 보이는 게 아니었기 때문이었다. 그러나 메건은 결국 제이든을 이길 수 없을 거라는 걸 알고 있었다.

타이머의 화살표가 0에서 멈추자 짧고 경쾌한 알람이 울렸다. 순간 칼날이 양파의 표면에서 미끄러졌다. 메건은 숨을 멈추고 얼른 손가락을 입에 물었다. 메건은 아들이 들을세라 작은 신음이라도 차라리 삼키는 쪽을 택해왔다. 혹여나 제이든이 불길한 징조로 여기지 않게끔 하기 위해서였다. 이런 일이 있을 때마다 메건은 남편이 곧잘 입가에 머금던 흐릿한 미소를 떠올렸다. 이젠 원망의 감정도 들지 않을 만큼의 시간이 지나버렸다. 남편을 지나치게 닮은 제이든은 여태 대답이 없었다.

메건은 티슈로 검지를 감싸고 양파 채를 빵 위에 고루 올렸다. 모양을 잡는 동안 티슈가 벗겨지면서 썰어둔 양파의 표면에 핏물이 스몄다. 그녀는 눈치 채지 못하고 집게, 집게라고 중얼거렸다. 주방을 두리번대던 그녀는 마지못해 샐러드 포크를 쥐고 오븐을 열었다. 포크에 찔린 소시지는 붉고 탐스러운 윤기를 내보였다. 그러나 곧 소시지를 살피던 그녀의 눈자위가 미세하게 흔들렸다. 막상 꺼내어보자 다른 면이 시커멓게 타 있었기 때문이었다. 메건은 절반이 타버린 소시지를 결국 쓰레기통에 던져넣었다.

"제이든."

그녀는 눈을 감고 깊게 호흡했다. 목소리에 약간의 짜증이 섞여 나온 게 곧바로 후회됐다.

거실 TV에서는 캐스터가 날씨 예보를 하고 있었다.

자이언트 밸리는 예년보다 온화한 날씨를 이어가고 있습니다. 오전 내내 하늘은 화창하고 낮 기온은 17도까지 올라갈 것입니다. 하지만 오후 3시가 지나면 저기압의 영향으로 구름 띠가 형성되어 비를 뿌릴 예정입니다. 이 비는 사흘간 이어질 전망이며 예상 강우량은 최대……

"어디 있는 거야? 이러다가 늦겠어."

캐스터의 목소리에 메건의 목소리가 덧대어졌다. 메건은 소파 팔걸이에 올려진 리모컨으로 TV를 껐다.

"엄마가 졌어. 너 캠핑 간 동안에 주문해둘 테니까 그만 나오렴."

잠깐의 정적 뒤로 이웃집의 반려견 루이가 짖는 소리가 들렸고, 그게 신호라도 되듯 문이 벌컥 열렸다. 지하 창고로 연결되는 통로였다. 제이든은 톰이 곧잘 사용하던 남색 우비를 손에 쥐고 있었다.

"엄마가 아빠 물건에 손대지……."

바로 그때 캠핑 버스의 경적이 메건의 말을 끊어냈다.

제이든은 눈썹을 치켜올리며 두 눈을 동그랗게 만들었다. 아기 때부터 메건을 누그러뜨렸던 바로 그 표정이었다. 메건이 두 팔을 벌리자 제이든이 성큼 품 안으로 뛰어들었다.

"약속 지켜요."

아침의 초조함은 온데간데없이 녹아버렸다. 메건은 제이든을 있는 힘껏 껴안았다.

✼

문을 열자마자 버스 유리창에 반사된 빛이 광선처럼

메건의 두 눈을 찔렀다. 검푸른 눈동자가 빛을 머금으며 수축했다. 아이들의 왁자지껄한 소리가 어지러이 들려왔고, 메건은 미세한 현기증을 느꼈다.

"괜찮으세요?"

수잔이 재빠르게 다가와 메건을 부축했다. 제이든은 벌써 버스 문 앞까지 달려가 있었다.

"루이가 또 으르렁대네. 그만 좀 괴롭혀, 제이든. 너만 보면 저렇게 짖잖아."

단짝인 미아가 버스 앞까지 나와서 재잘거렸다.

"무슨 소리야. 우린 이미 화해했다고."

제이든은 의기양양한 태도로 버스 계단에 올라섰다. 메건이 눈꺼풀을 힘겹게 들어 올리자 제이든이 신은 농구화가 눈에 들어왔다. 루이가 다시금 짖어대기 시작했다.

"아침부터 정신없으셨죠?"

수잔은 다 이해한다는 듯 메건의 손을 붙잡았다.

"오후에는 비가 온다네요."

그러나 메건의 말이 무색하게도 자이언트 밸리의 햇살은 무엇이라도 녹여낼 만큼의 위용을 과시하고 있었다.

"이 일대에 비가 뭐 하루이틀인가요. 매년 비 와도 무사히 잘 마쳤는걸요."

대수롭지 않다는 수잔의 말투에 메건은 괜한 말을 한 것 같았다.

"제가 앱에 체크해둔 걸 확인하셨겠지만, 제이든이 날것을 못 먹어요. 메뉴 중에 연어 샐러드가 두 번이나 나오던데."

"제이든뿐만이 아니라 몇몇 친구들은 연어 대신 베이컨이나 버섯을 먹게 될 거예요. 비건 메뉴로 신청한 학부모님들도 꽤 있거든요."

"만약 도시락이 다른 애들과 바뀌더라도 말하지 않고 그냥 먹어버릴 애라서……."

"엄마!"

제이든이 짜증스럽게 창문을 닫아버렸다. 그걸 보고 있던 수잔이 호탕하게 웃었다.

"캠핑 스쿨의 목적이 부모와 떨어져 독립적이고 주체적인 삶의 방식을 경험하는 것에 있잖아요. 애들을 평생 우리가 품고 살 순 없는 노릇이기도 하고요. 인간이라는 존재가 원래."

수잔은 자신의 말이 지나치게 멀리 가고 있다는 걸 깨닫고는 거기서 입을 다물려고 했다. 그러나 그 말은 꼭 해야겠다는 듯 단호한 표정을 지었다.

"제이든을 믿으세요."

옆집에 거주하는 노부부가 실내 가운을 입은 채 정원으로 나와 문밖의 소란을 물끄러미 살폈다. 메건은 그들과 어색하게 눈인사를 나눴다. 노부부의 등장에 더욱 흥분한 루이가 울타리에 앞발을 기대고 서서 강하게 짖어댔다. 노부부가 귀엣말을 주고받았다. 그때였다. 메건은 이 아침의 풍경이 한번 경험한 일인 것만 같은 모호한 기시감에 사로잡혔다. 하늘에는 자이언트 밸리가 자랑하는 황금빛 태양이 이글거리고 있었고, 머리 바로 위에는 붉은꼬리매 한 마리가 날개를 편 채로 공중을 선회하고 있었다. 낮은 바람이 한차례 땅 먼지를 쓸어냈다. 문득 보이는 모든 것들이 경이롭게 여겨졌다. 마치 낙원에 첫발을 디딘 최초의 인간처럼. 이어 몸속 어딘가에서부터 작은 희열이 스프링처럼 솟구쳐 올랐다. 메건은 모든 게 진짜라는, 진짜인 게 틀림없다는 생각에 사로잡혀 소스라치게 전율했다. 이내 눈앞이 흐려지며 두 번째 현기증이 찾아왔다.

메건이 정신을 차린 건 버스 문이 작동할 때 나는 기계음을 듣고서였다. 노란색 자동문은 이제 누구도 침범할 수 없을 만큼 견고하게 닫혀버렸다. 그새 자리를 바꿔 앉은 건지 제이든이 보이지 않았다. 메건은 반대쪽 창문을 통해 제이든을 보려고 버스 앞을 빙 둘러 갔다. 그때 메건은 자신을 내려다보는 기이한 시선에 사로잡혔다. 메건은 그를 쳐다보았다. 곰보가 팬 운전기사의 얼굴에는 수염이 듬성듬성 나 있었고, 왼쪽 볼에는 상흔이 있었다. 핸들 앞 대시보드에는 해골 모양의 캐릭터가 스프링에 매달린 채 몸을 떨어댔다. 바로 그때 두 눈의 홍채가 물결처럼 오묘하게 일렁였다. 순간 모든 게 정지했다.

✻

　메건은 바로 거기에 서 있다. 그 버스 앞에. 사방은 어떤 빛도 허락되지 않은 지독한 어둠이다. 색을 머금은 건 오직 메건과 제이든이 탄 버스뿐이다. 굳어 있던 메건의 가슴팍이 오르락내리락하더니 큰 숨이 오고 간다. 누군가 메건의 몸속에 호흡을 선사한 것만 같다. 그러나 메건은 숨을 원치 않았던 것 같다. 그러지 않고서야 그런 불행한 표정을 지을 수는 없는 것이다.

캐나다 국경과 맞닿아 있는 워싱턴주의 평화로운 산림마을 자이언트 밸리에서 출발한 캠핑 버스가 행방불명되었다는 소식입니다.

　아나운서 톤을 가진 남자 목소리가 불쑥 들려온다. 메건은 톰의 목소리를 한 번도 잊은 적이 없다. 톰은 그 지역 방송국의 아나운서였다. 정돈되고 절제된 목소리 사이로 경찰차의 사이렌 소리가 스쳐 지나간다. 메건은 톰이 들려준 뉴스가 아직은 제대로 와닿지 않는다. 이제 막 캠프장으로 떠날 참인 노란색 캠핑 버스가 눈앞에 있기 때문이다. 거기에는 제이든과 미아와 아이들이, 자긍심이 출중한 교사 수잔이 타고 있다.

자이언트 밸리와 자매 결연을 맺은 캐나다 브리티시 컬럼비아 주의 로어 메인랜드 관광청은 매년 이 시기에 캠핑 스쿨을 개최하는 것으로 알려졌습니다. 국경 검문소를 정상적으로 통과해 산악지대로 들어선 캠핑 버스는 이후 행방을 감춰 지금까지 나타나지 않고 있습니다. 이번 캠핑 스쿨에는 담임교사와 운전기사를 제외한 열세 명의 학생들이 참여한 것으로 알려졌습니다.

"그리고?"
메건이 날카롭게 대꾸한다.
"그리고!"
톰이 주저하듯 멘트를 잇는다.

속보입니다. 캐나다 남서부의 지대가 험준한 이글 산속에서 캠

핑 스쿨 담임교사의 시신이 발견되었습니다. 캐나다 연방 경찰은 이 사건의 용의자를 캠핑 버스 운전기사인 카를로스 리베라로 특정하고 의미 있는 수사가 진행 중이라고 발표했지만, 생존 소식만을 기다리는 가족들은 하루하루 지옥 같은 날을 보내고 있습니다.

메건은 곧장 버스를 쳐다본다. 보라색 머리띠를 낀 미아가 등을 돌린 채 누군가와 왁자지껄 떠들고 있다. 메건은 미아를 부른다. 그러나 미아는 메건의 목소리를 듣지 못한 듯 폭소를 터뜨리고 있다.

소설 《인사이드》를 집필한 세계적인 작가인 샬롯 스타리우스 씨가 실종자 가족 임시 대표를 맡아 전국적인 관심을 촉구하고 수사기관에 힘을 보태고 있습니다.

톰의 브리핑과는 달리 버스 안은 한창 들뜬 분위기에 휩싸여 있다.
"제이든은? 우리 아들은?"

메건이 신경질적으로 되묻는다.

하지만 모든 이들의 염원과는 달리 우리 아이들의 생사가 불투명해졌습니다.

버스에 시동이 걸린다. 덜덜덜 떨어대는 엔진 소리의 불길함이 메건의 정신을 혼미하게 만든다. 메건은 까치발을 한 채로 창 안을 들여다보려 한다.

안타까운 소식입니다. 캠핑 버스는 아이들이 실종된 지 십이 일 만에 산악지대에 버려진 한 산장에서 발견되었습니다. 이 사건의 범인 카를로스 리베라는 산장 안에서 스스로 목숨을 끊은 것으로 밝혀졌습니다. 실종된 아이 중 다섯 명은 산장 안에서 범인에게 살해당했으며, 나머지는 현재 수색 중에…….

버스가 속력을 내자 따라가던 메건이 멈춰 서서 손을 흔든다. 흔들리는 해골 인형, 핸들을 잡은 손, 바퀴에 짓이겨진 마을 어귀에서 피어난 이름 없는 들꽃들. 메건은 모든 걸 기억할 수 있다. 오직 제이든의 얼굴만이 꼭꼭 숨어버렸다.

경찰은 카를로스가 아이들을 살해하고, 대부분의 시신을 산장 근처 절벽에 유기한 것으로 발표했습니다. 그 절벽은 산악인들 사이에서는 블랙 인페르노라는 별칭으로 불리고 있습니다. 건물 23층 높이인 230피트 절벽 바로 아래는 유속이 빠른 물살이 몰아치는 곳으로 인근 주민들에게도 위험한 장소로 손꼽히는 곳입니다.

버스가 어둠에 완전히 먹혀버리자, 메건은 나른하게 기지개를 켠다. 메건의 얼굴은 어느 때보다 환하다. 넓게 퍼뜨린 입술 위로 둥근 광대가 솟았고, 홍조를 띤 양쪽 볼이 그녀의 미소를 생동감 있게 만든다. 메건은 이제 집으로 들어가서 주방을 정리하고 샤워를 할 것이다. 단정하게 옷을 차려입고 평소보다 눈 화장을 짙게 할 것이며 한 번도 오픈하지 않은 향수를 꺼내어 뿌릴지도 모른다. 출근길에는 찰리 헤이든의 〈녹턴〉을 들을 것이며 오전

회의 전까진 단짝인 앤과 함께 커피를 즐길 것이다.

"메건, 메건. 뉴스 봤어?"

앤이 파티션을 두드리며 메건을 부른다. 어느새 메건은 사무실 책상에서 서류를 넘기는 중이다.

사람들이 모여 있는 휴게실의 TV 앞으로 메건이 등장한다. 뉴스 속보가 진행되고 있다. 캠핑 버스가 마지막으로 포착된 지점의 CCTV 영상이 흘러나오는 중이다. 이제 메건의 시야는 TV 화면으로 가득 찬다. TV 액정에 비친 메건의 얼굴이 창백해지더니 그대로 쓰러지고 만다.

깊은 숲속에 버려진 산장, 그리고 산장을 둘러싼 경찰차의 경광등이 어지러이 점멸한다.

이 사건은 아이를 캠핑 스쿨에 보낸 가족들의 소중한 일상을 지옥으로 만들었습니다. 한 피해자의 어머니는 국경을 넘어 사건 현장으로 차를 몰고 가서 자살을 시도하다가 지역 경찰에 의해 가까스로 구출되었습니다.

사이렌을 켠 경찰차와 앰뷸런스가 차 한 대를 가로막는다. 절벽 상공에는 헬리콥터가 서치라이트로 자동차를 비추고 있다. 차에서 내린 메건은 곧장 절벽으로 달려가려고 하지만 경찰들이 앞을 가로막고 있다.

"놔, 놓으라고. 우리 제이든, 제이든하고 함께 갈 거라고."

오열하는 메건을 경찰들이 구출해 데려가는 장면이 고스란히 휴게실의 TV 영상에서 재생되고 있다.

당국은 캐나다의 연방 경찰과 협력하여 남은 실종자 수색에 집중하고 있으며 피의자와 공모한 범인은 없는지 사건의 경위를 원점에서부터 파헤치고 있습니다. 그러나 이번 사건은 실종자와 피해자의 유가족뿐만 아니라 양국 국민 모두에게 절망적인 기억으로 남을 것입니다.

무미건조해서 더 참담하게 느껴지는 톰의 목소리는 그러나 너무 가까이, 마치 메건의 바로 옆에서 소곤거리는 듯하다.

절벽 아래로 물살이 몰아친다. 어디선가 본 적이 있는 것만 같은, 아마도 메건의 눈 속에서 일렁이던 바로 그 파도다. 메건의 눈이 간절히 바라보고 있는 건 자신이 뛰어내리려 했던 바로 그 절벽 아래, 물속이다.

이제 메건의 기억 속에는 그런 풍경이 펼쳐진다. 장기간의 운행에 지친 아이들이 각자의 자리에서 게임을 하거나 책을 읽거나 졸고 있는. 다소 덤덤하게 창밖 어딘가로 시선을 둔 열 살 소년의 얼굴도 보인다. 그러나 메건은 그 소년이 제이든이라는 확신이 서질 않는다.
"어떤 기억은 숨바꼭질 같다."
누군가 중얼거린다. 어떤 빛도 허락되지 않은 지독한 어둠 속에서.

메건은 매일 밤 술래가 된다.

✽

 PD가 큐 사인을 주자 사회자가 카메라를 바라보며 경건하게 말문을 열었다.

 "우리 사회에 비극과 절망을 안겨준 블랙 인페르노 사건이 오늘로 꼭 1년째 되는 날입니다. 그동안 삶의 비참을 겪은 실종자의 유가족들에게 작은 위로를 건네기 위해 한 벤처 기업이 인공지능 프로그램을 개발했습니다. 오늘은 특별한 날이니만큼 '트랜스 휴먼'의 대표 에릭 정을 스튜디오에 모시고 얘기를 나눠보겠습니다."

 에릭 정은 긴장한 듯 목을 가다듬더니 마른침을 삼켰다.

 "저는 사건을 접한 이후 그 끔찍한 현장으로부터 열세 명의 아이들을 구원해야겠다고 결심했습니다."

 PD가 마른침을 삼키며 스튜디오의 상황을 예의주시했다. 에릭 정은 우려와 달리 어느새 결의에 찬 사람의 표정을 짓고 있었다. 급기야 테이블 위에 놓여 있던 유백색의 XR(Extended Reality) 고글을 단번에 높이 드는 바람에 카메라 감독이 카메라 앵글을 조정해야 했다.

"저희 트랜스 휴먼은 학교와 가정, 정부를 비롯해 공공 기관에서 보관했던 모든 이미지와 영상 소스를 분석하여 행동을 예측하는 버츄얼 프로그램 *child-13*을 개발했습니다."

왼쪽 상단에 보조 화면이 생성되었다. 보조 화면은 칠판을 등지고 수업을 진행하는 한 선생님을 비췄다. 그는 에릭 정이 손에 든 유백색 고글을 끼고 있었다. 이내 화면이 전환되면 실종된 열세 명의 아이들이 책상에 앉아서 선생님을 바라보는 장면이 나왔다.

"저희는 양자 컴퓨팅 시스템이 분석한 큐비트를 바탕으로 *child-13*의 아이들이 사건 직전의 나이만큼 성장하는 전 과정을 배속으로 시뮬레이션했습니다. 본능적인 습관부터 사소한 말투와 태도는 물론이고 사고 실험에 따른 도덕적 인식 범위와 교양 수준까지 실제와 동일한 상태로 재현했습니다."

화면에 비친 아이들은 저마다의 모습으로 진지하게 수업에 임하고 있었다.

"우리는 핵심 인력 모두가 자발적으로 참여한 이 프로

젝트를 '낙원의 아이들'이라고 부르고 있습니다."

이번에는 보조 화면에 인터뷰 영상이 재생되었다. 유가족 대표인 소설가 샬롯 스타리우스의 눈은 인터뷰 시작부터 붉게 충혈되어 있었다.

"미아는 자주 입술을 뜯었습니다. 그러지 말라고 항상 야단쳤는데 제가 아이에게 어른의 기준을 세워둔 게 아닌가, 그게 후회됩니다."

그러자 인서트로 입술을 깨물고 있는 미아의 얼굴이 빠르게 스쳐 지나갔다.

이번 인터뷰이는 메건이었다. 메건은 수척해진 얼굴로 카메라를 응시했다.

"제이든은 걸어가면서도 다른 생각을 할 때가 많았어요. 그래서 몇 번이나 정강이를 부딪쳐서 다리에 늘 멍이 들어 있었어요. 대체 무슨 생각을 하는지……."

슬픔도 기쁨도 없는 건조한 말투였다. 메건은 영혼을 잃고 껍질만 남은 사람처럼 정신을 놓은 채였다. 그러나 바로 이어지는 장면의 활기가 스튜디오의 톤을 되살려냈다. 제이든이 농구공을 드리블해 나가다가 발을 헛디디며 넘어졌다. 어디선가 관중의 탄성이 들려왔다. 제이든은 특유의 개구진 얼굴로 다시금 공을 향해 달려들었다.

전체 화면이 다시 사회자로 고정되었다.

"물론 반대 의견도 있습니다."

사회자의 보조 화면에는 미시간 대학교의 심리학과 교수 조던 채프먼이 인터뷰를 기다리고 있었다.

"유가족의 마음은 모든 게 불타버리고 재만 남은 화재 현장과도 같습니다. 이들을 가상 세계로 초대하는 건 잿더미를 뭉쳐서 새집을 짓는 일과 다를 게 없습니다. 피해자의 상처로 생긴 개인의 무의식을 집합적 양상으로 풀어내어 현실 질서에 올바르게 편입하는 방안을 찾는 게 우리 사회의 역할일 것입니다. 그런 의미에서 저는 가상 매개체에 대한 부작용을……."

화면은 다시 사회자와 에릭 정을 비쳤다. 사회자가 에릭 정을 바라보며 현장 연결 준비가 끝났음을 눈빛으로 알렸다.

"각종 언론에 보도된 바와 같이 우려와 기대 속에서 오늘 유가족들은 꿈에서라도 그토록 만나고 싶어 했던 아이들을 마주합니다. 현장으로 가보겠습니다."

화면은 이제 스튜디오가 아닌 소담한 마을의 도로 앞으로 연결되었다. 멀리서 버스 한 대가 들어오자 주민들이 일제히 박수를 치며 환호했다. 카메라들은 쉴 새 없이 플래시를 터트렸다. 역사적인 장면을 놓치지 않기 위해서 동영상을 찍는 주민도 있었다. 다음 화면은 또 다른 주택가의 풍경이었다. 버스 한 대가 저속으로 다가오기 시작했다. 열세 대의 버스가 각각의 집 앞에 멈춰 서는 장면이 교차되며 이어졌다.

다시 메건은 거기에 서 있었다. 그 버스 앞에. 기자들에 둘러싸여 있지만 사방은 어떤 빛도 허락되지 않은 지독한 어둠이었다. 색을 머금은 건 오직 메건과 오래전 그녀를 떠나간 노란색 캠핑 버스뿐이었다. 굳어 있던 메건의 가슴팍이 오르락내리락하며 옅은 호흡을 이어갔다. 누군가 메건의 몸속에 숨을 선사한 것만 같았다. 메건은 그 숨을 견디려 애썼다. 현장에 나온 모두가 그걸 느낄 수 있었다.

메건은 유백색 고글을 착용했다. 사전에 몇 번이고 연습한 대로였다. 젖빛이 도는 고글 위로 태양의 줄기가 내려앉았다. 사람들은 메건의 얼굴을, 버스 앞에 선 한 여인의 가녀림을, 그날의 비극이 자신을 비켜 간 것에 대한 안도를, 그래서 가닿을 수 있는 진심 어린 연민을 공유했다. 누군가 사인을 주자 버스 문이 천천히 열렸다. 메건은 언젠가 들어본 적 있는 그 기계음의 차가움에 심장이 발끝으로 내려앉는 느낌을 받았다. 사람들은 숨을 죽였다. 메건은 숙였던 고개를 천천히 들어 버스의 승하차 계단을 바라보았다. 시간이 얼마나 지난 걸까. 산들바람이 메건의 머리카락을 가볍게 훑었다. 이내 기억 깊숙한 곳에 꼭꼭 숨어 있던 작은 발걸음 소리가, 오직 메건만이 알아들을 수 있는 그 소리가 들려왔다. 저 밑에서부터 메건의 심장이 쿵쾅거려왔다. 곧 제이든의 열 번째 생일에 자신이 선물했던 그 농구화가, 그날 입었던 카키색 바지가, 산악 점퍼가, 제이든의 가느다란 목이, 흰 얼굴이, 금방이라도 쏟아질 것 같은 눈물을 머금은 제이든의 울먹임이 한눈에 들어왔다.

메건은 저도 모르게 두 팔을 앞으로 번쩍 뻗었다. 그 모습을 본 사람들은 하나 같이 묵은 숨을 토해냈다. 그리고 현장에 있던 모두가 보았다.

메건의 눈앞으로 제이든이 달려왔다. 메건은 제이든을, 그 애의 무게를 가진 허공의 둘레를 힘껏 껴안았다.

2

※

 마스카라에 닿은 속눈썹이 파르르 떨렸다. 전에 없던 주름이 군데군데 옅게 접혔지만 그녀는 여전히 우아한 미소를 간직하고 있었다. 파운데이션을 가볍게 두드리자 생기가 돌아온 듯 화사한 얼굴이 되었다. 지난 주말에 염색한 레드 바이올렛 색깔은 과감하게 짧아진 단발머리와 어우러졌다. 메건은 손목 위로 향수를 분사했다. 창백한 듯 새하얀 햇살이 창틀에 내려앉았다. 그녀는 재킷을 걸치고 거실로 나왔다. 아직 출근하기에는 이른 시간이었다.

주 정부에서 사건을 공식적으로 종결한 이후로도 유가족들은 주기적으로 만나 아이들을 찾아 나섰다. 후원 단체와 전국에서 몰려온 자원봉사자와 함께였다. 그 기간이 다가오면 메건은 지쳐 있던 자신에게 의지를 불어넣을 수 있었다. 그러나 집으로 돌아온 후 며칠간은 감당하기 힘든 상실감에 몸서리쳤다. 어느 날 메건은 주방을 모조리 정리했다. 오븐과 샐러드 나이프, 치즈 그레이터와 에그 위스크까지 정말 모든 걸. 메건은 주로 회사에서 토스트를 먹거나 식사를 건너뛰었고, 저녁에는 가볍게 오트밀을 먹었다. 버려지는 재료가 너무 많아서였다.

메건은 허전해진 주방을 지나 제이든의 방문 앞에서 유백색 고글을 착용했다. 눈앞에 배터리 잔량과 펌웨어 버전 정보, 사운드 체크, 데이터 로딩 바가 순차대로 나타났다가 사라졌다. 메건은 방문에 노크하고 십여 초 후에 손잡이를 돌렸다. 어질러진 이부자리는 제이든이 캠핑을 떠나던 날 그대로였다. 순간 커튼이 가볍게 부풀더니 안에서 누군가가 튀어나왔다. 메건의 입매가 미소로 희미하게 물들었다.

"언제 일어난 거야?"

잠옷 차림의 제이든이 아직 잠에서 덜 깬 듯 얼굴을 찡그렸다.

"졸려, 엄마 품에서 더 잘래요."

몇백 번이고, 몇천 번이고 더 안아줄 수 있었다. 메건은 제이든을 꼭 껴안았다.

"엄마는 벌써 출근 준비 마쳤는걸. 조금이라도 더 자라고 늦게 깨운 거야. 엄마 일하는 동안 학교 다녀와야지."

메건은 두 팔을 오므리고는 발레하듯 움직였다. 제이든은 정말이지 몸만 가벼워졌을 뿐 그 모습 그대로였다. 메건은 제이든을 소파에 앉혀놓고 손끝으로 머리카락을 빗겼다. 제이든은 한시라도 떨어지지 않으려 응석을 부렸다. 바로 그때였다. 메건은 고글을 침범해 들어오는 실금 같은 빛을 느꼈다. 언젠가부터 아들이 안겨 올 때마다 콧잔등 위로 새어 들어오는 그 빛이 자꾸 신경 쓰이는 것이었다. 이런 현상을 겪은 건 얼마 되지 않았다. 그 틈은 메건을 성가시게 했다. 저도 모르게 시선이 자꾸만 고글의 가장자리를 서성이고 마는 것이다. 그 맹점을 감추려 눈동자를 단속하면 할수록 메건은 죄책감이 들었다.

메건이 트랜스 휴먼 본사의 전용 앱에 접속해서 고글의 상태를 체크하는 동안 제이든은 식탁에 앉아서 그림을 그리고 있었다. 메건은 자연스레 제이든의 어깨너머로 그림을 훔쳐보았다. 성인 여성이 한쪽 무릎을 꿇은 채 누군가 달려와 껴안아주기를 기다리는 모습이었다. 자신과 닮은 듯하면서도 조금 다른 여성을 보자 호기심이 일었다.

"누군데 그렇게 예쁘게 그렸어?"

"비밀."

제이든이 익살스럽게 대꾸했다.

"엄마 머리카락 길었을 때 생각나?"

"그럼요. 그래도 난 엄마가 아멜리에 스타일로 잘랐을 때가 제일 예뻤어요."

메건은 소스라치게 놀랐다. 톰과 막 연애를 시작하던 시기에 단 한 번 미용사에게 영화 〈아멜리에〉의 포스터를 보여주고 그대로 해달라고 한 적이 있었다. 그건 메건과 대학을 함께 다녔던 지인이라 해도 떠올리기 힘든 지극히 사소한 기억이었다.

"네가 그걸 어떻게 알아?"

메건의 목소리에 날이 서자 제이든은 겁먹은 표정으로 TV 밑에 자리한 원목 거실 서랍장을 가리켰다. 메건은 서랍장을 열었다. 서랍장 제일 아래 칸에는 언제 넣어둔 건지도 기억나지 않는 오래된 앨범이 들어 있었다. 어린 시절부터 시간 순서대로 사진을 담아둔 것이었다. 그건 메건의 양친이 딸을 위로하기 위해서 그 집에 며칠 머무르던 당시, 언젠가 서랍장에서 우연히 앨범을 발견하게 될 메건을 상상하며 넣어둔 것이었다. 메건은 침착하게 소파에 앉아서 앨범을 넘겼다. 몇 장의 사진 사이에는 긴 시간의 층이 녹아 있었다. 거의 끝에 다다르자 찍지 말라는 듯 얼굴을 가리는 메건의 사진도 보였다. 아멜리에처럼 앞머리를 일자로 짧게 자른 앳된 모습이었다. 톰과 함께 예복을 입고 정면을 바라보는 결혼식 사진이 마지막이었다.

"미안해요. 허락도 없이 내가 펼쳐봤어요."

제이든의 목소리가 떨려왔다. 메건은 혼란스러웠다. 그 사진을 트랜스 휴먼 측에 제공한 건 다름 아닌 자신이었을 것이다. 그들은 동의 하에 모든 이미지를 수집해 갔으니 충분히 그럴 수 있었다. 메건은 앨범을 바닥에 놓고 한쪽 무릎을 꿇은 채로 두 팔을 벌렸다. 제이든은 메건을 보더니 다시 시선을 스케치북으로 돌렸다. 그림과 메건을 번갈아 보며 그림을 조금 고쳐놓기도 했다. 메건의 눈자위가 떨렸다. 제이든은 이내 크레파스를 놓고 메건에게 달려가서 안겼다.

"사랑해요, 엄마."

제이든이 말했다.

*

메건은 차에 타서야 고글을 벗었다. 그리고 보조석에 설치된 충전장치에 고글을 올려놓았다. 녹색등이 부드럽게 점멸하며 충전 상태를 알렸다. 마침 제이든에게서 영상전화가 걸려 왔다.

"엄마! 학교에 잘 도착했어요."

스마트폰 화면 속 제이든이 혀를 쭉 내밀고는 익살스럽게 소리쳤다.

"오늘은 미아에게 지지 마."

끝말잇기를 말하는 거였다.

"내가 걔를 어떻게 이겨요. 미아는 집에서 엄마랑 끝말잇기밖에 안 한대요. 걔네 엄마가 소설가라서 그런가?"

투덜대는 모습도 예전 모습 그대로였다. 메건은 괜스레 흐뭇해졌다.

"그럼 엄마랑 연습하면 되겠다."

메건이 이제 막 핸들을 돌리고 차고에서 나서려는 순간이었다. 어떤 물체 하나가 눈앞을 빠르게 지나갔고, 메건은 급히 브레이크를 밟았다.

옆집에 사는 호세가 축구공을 주우러 가다가 차를 보고 놀라서 넘어져 있었다. 제이든이 메건을 반복해서 불렀지만 그녀는 말을 잇지 못했다. 호세는 무릎을 털고 일어나서는 쭈뼛거리며 메건에게 인사했다.

"세뇨라."

재활용 용기를 끌고 가던 마리아가 뒤늦게 그걸 보고 황급히 달려왔다. 메건은 아직도 얼떨떨했다. 자칫 브레이크를 놓쳤다가는 아이를 쳐버렸을 것이었다. 그러나 오히려 아이를 다그치고 사과를 건넨 쪽은 마리아였다.

"죄송해요."

"아니에요. 마리아. 제가 너무 놀라서 호세가 괜찮은지 물어보지도 못했어요."

"너무 심심해서 그런가 봐요. 또래라고는 없는 동네잖아요."

마리아는 호세의 손을 잡고 돌아섰다. 언젠가부터 이웃 노부부가 지내는 주택의 별채에 마리아와 호세가 들어와 살기 시작했다. 마리아의 남편은 아직 멕시코에 있다고 했다. 메건도 그들이 불법 이민자라는 걸 알고 있었다. 멕시코 쪽 국경이 막힌 이후로 캐나다를 이용해 월경한 이민자가 많았다. 그들이 취직에 성공하고 비자를 받아내기까지 얼마나 많은 노력과 시간이 걸리는지 메건도 잘 알고 있었다. 다만 어떤 사정이건 이 산속 마을에 아이가 들어와 산다는 게 나쁜 일은 아니라는 걸 메건도 은연히 느끼고 있었다. 제이든이 그런 존재였으니까. 메건은 호세를 한번 안아주지 못한 게 여간 후회되지 않았다.

"엄마 괜찮아요? 다친 데는 없어요?"

"아, 아냐. 잠깐 누굴 좀 만났어."

"누구? 내가 아는 사람?"

제이든이 물었다.

"옆집 사람."

메건은 안전벨트를 다시 채웠다. 문득 제이든이 '아는 사람'이라고 말한 게 신경 쓰였다. '낙원의 아이들'은 철저하게 고립된 가상 세계였다. 제이든이 그 사실을 아는 건지 모르는 건지 메건은 때때로 헷갈릴 때가 있었다.

"오늘은 엄마가 조금 늦을 텐데, 괜찮아?"

"괜찮아요. 친구들하고 끝말잇기랑 숨바꼭질하고 있을게요. 다른 애들이 먼저 돌아가면 선생님께 집에 데려다 달라고 할게요. 집에 돌아오면 책을 읽다가 잠들 거예요. 엄마는 아침에 저를 깨워주세요."

제이든은 메건이 바라던 완벽한 아들의 모습이었다.

"그럼, 엄마랑 끝말잇기 계속할까?"

"좋아."

"엄마가 먼저 시작하라는 거지?"

"좋아."

"너, 정말."

메건이 장난스레 웃었다.

"좋아,를 한 건데?"

제이든이 키득거렸다.

메건이 탄 자동차 위로 무성한 초록이 펼쳐졌다.

※

 구부러진 산길을 매끄럽게 빠져나온 메건의 차가 국경 검문소 인근에 세워진 건물로 들어섰다. 해당 건물에는 국경안전관리대와 출입국사무소, 환경보전원, 산림청 분원이 층별로 상주하고 있었다. 관리소장 스콧이 가볍게 경례한 뒤에 운전석에 노크했다.

"제이든. 아저씨가 엄마 운전할 때는 전화하지 말라고 경고했지?"

제이든이 메건의 어깨 너머로 보이는 스콧을 바라보며 반갑게 인사했다.

"아저씨. Z로 시작하는 단어 하나 알려줘요."

제이든은 스콧의 불호령에도 전혀 주눅 들지 않았다. 스콧은 못 말리겠다는 듯 혀를 주욱 빼냈다.

"조지아. 거긴 이곳 공기와는 완전히 달라. 내가 대체 왜 국경까지 와서 이 짓을 하고 있는지 당최 모르겠단다. 다들 내 고향이 조지아라는 걸 알면 혀를 차고는 하지. 실패한 인생이라고."

"스콧, 조지아는 G로 시작해요."

메건이 끼어들었다.

"제 말이요. 제이든이 G라고 안 그랬어요?"

"아저씨가 졌으니까 술래해요. 우리 다 숨을게요. 그러면 엄마! 나중에 또 전화할게요."

전화가 끊겼다. 스콧은 메건을 향해 찡긋 눈을 감았다.

"고마워요, 매번."

"별말씀을요. 요즘 아침저녁으로 기온이 확 떨어지던데, 안개가 잦기도 하고요. 노면이 미끄러우니 타이어도

42

한번씩 살펴가면서 운전하세요."

 스콧은 메건이 탄 차의 앞바퀴를 워커 앞굽으로 툭툭 차며 지나가도 좋다는 손짓을 보였다.

"좋은 하루 보내요."

 스콧은 권총집을 허리 위로 끌어올리더니 뒤뚱뒤뚱 걸어갔다.

 메건은 서류를 넘기면서도 스마트폰 액정을 힐끔거리고 있었다. 시선을 가로챈 건 눈앞에 나타난 커피포트였다.

"마실래?"

 앤이 물었다. 메건은 고개를 끄덕였다. 앤은 메건의 새하얀 머그잔에 커피를 따랐다. 머그잔의 넓은 면에는 제이든의 얼굴이 프린팅되어 있었다.

"고마워. 그런데 이민자 관리팀이 좀 바빠 보이네. 무슨 일 있어?"

 앤의 안색을 살피던 메건이 물었다.

"말도 마. 얼마 전에 망명 신청자 하나 들어왔잖아."

 메건은 그 일에 대해서 들은 바가 없었다.

"자기 비번 때였나? 캐나다에서 웬 남자가 하나 들어왔는데 신분증이나 비자 서류도 없고 무작정 이민을 신청했다나 봐."

앤은 그런 일에는 신물이 난다는 표정으로 남은 커피를 자신의 잔에 마저 따랐다.

"좀 지루하긴 해도 우리 업무가 낫긴 해. 그치?"

앤이 목소리를 줄이며 말을 이었다.

"그보다, 에단 말야. 오늘 차림새가 심상찮던데, 이제 좀 받아줘도 되지 않아?"

"무슨 소리야."

"얘는. 오늘 써머가 출근할 때 봤는데, 에단 차에 꽃다발이 실려 있었대."

메건은 에단이 앉아 있는 쪽을 힐끔거렸다.

"글쎄. 그게 아직. 제이든한테 어떻게 설명해야 할지도 모르겠고."

그러자 앤이 안쓰럽다는 듯 메건의 어깨를 토닥였다.

"메건. 우리가 제이든을 찾아다녔던 숱한 세월을 생각해 봐. 집에 있는 그 애가 진짜 제이든이 아니라는 건 너도 잘 알잖아."

"앤."

"그 프로그램은 잠깐 꺼놓는다거나, 대기상태로 돌려놓으면 되지 않을까?"

누군가 헛기침을 했다. 메건이 뒤를 돌아보자 어느새 에단이 다가와 있었다. 앤의 말대로였다. 그는 중요한 브리핑이 있을 때 즐겨 입는 회색 블레이저를 걸쳤고, 머리카락은 다른 날보다 정돈되어 보였다. 갖은 준비를 한다고 아침부터 서둘렀을 것이지만 그런 과정을 드러내지 않으려고 되레 무덤덤하게 보일 정도였다.

"잠깐 이야기 좀 할 수 있을까?"

에단의 말에 앤이 눈을 크게 뜨며 기대를 감추지 않았다. 메건은 고개를 돌려 서류 더미를 바라보다가 뜨거운 김이 솟아나는 머그잔을, 제이든의 얼굴을 바라보았다.

메건은 검문소가 고스란히 내려다보이는 통창 앞에 서서 길게 줄지어 선 차량 행렬을 보고 있었다. 창문으로 문을 열고 들어오는 누군가의 실루엣이 비쳤다. 메건의 가슴이 크게 부풀었다가 꺼졌다. 그녀도 오늘만큼은 거절하기 힘들 것이라는 걸 예감하고 있었다. 애인이 있을 때도 있었다고 하지만 메건이 보기에 그건 가벼운 관계일 뿐 에단은 늘 한결같았다. 그 일이 생기기 전부터 지금까지. 과연 톰이 살아 있다고 해도 에단만큼 헌신적일 수 있었을까. 메건은 확신할 수 없었다. 그래서였을 것이다. 지난 연말의 술자리에서 그 지순한 마음에 이끌려 키스를 허락했다. 하지만 거기까지였다. 아직은 아니라고 속에 있는 누군가가 메건을 다그치는 듯했다. 그게 미안해서 그날 이후로는 먼저 말을 걸지 못했고, 먼저 쳐다보지 못했다. 그러면서도 어느 날에는 그가 손을 잡아챘으면, 그리고 멀리, 아무도 그들을 모르는 곳으로 데려갔으면 싶었다.

뒤를 돌아보자 에단이 백합 다발을 들고 서 있었다. 누구도 먼저 섣불리 대화를 시작할 수 없을 것 같은 어색한 공기가 흘렀다.

"오늘이죠?"

에단이 꽃다발을 내밀었다.

"무슨 말이세요?"

그 가벼운 대답이 과장된 억양으로 나온 건 메건 역시 뭔가를 기대하고 있었다는 걸 감추고 싶어서였다.

"제이든이 캠핑 떠나던 날이요."

"그건 어떻게……."

"매년 오늘, 혼자 거기에 가잖아요. 하필 이 시기가 국립공원 출입 금지 기간이라 드나드는 차량의 전산 기록이 저에게 다 보고되거든요."

메건은 꽃을, 그리고 에단을 바라보았다.

"그럼, 매년……."

에단이 모른 척하고 있었던 것이었다.

"문제가 되는지 몰랐어요."

차라리 고맙다고 말해야 했다고 메건은 자신을 질책했다. 에단은 동정 어린 눈빛으로 메건을 바라보다가 결심한 듯 주머니에서 뭔가를 꺼내어 메건의 손에 올려놓았다. 그건 무선 미러링 장치였다.

"이걸 차 내부에 두면 내비게이션이 자동으로 인식할 거예요. 이제 그 길로 다니세요."

"그래도 이건."

에단은 차마 받아들지 못해 펼치고 있는 손바닥을 접어주었다.

"제 선에서 무마하는 데도 한계가 있으니, 사전에 방지하는 것뿐이에요."

메건은 에단의 사려 깊음에 감사했다.

"고마워요."

"아니에요. 저도 잘한 건 없어서요. 하필 그날 저녁 식사를 하자고 조른 게."

에단에게도 그날의 일이 부채로 남은 듯했다.

"제가 밥 한번 살게요."

메건의 말에 에단은 싱겁게 웃었.

*

자이언트 밸리의 태양도 저편에서 으스러지고 말았다. 출입국 사무소 직원들은 저 태양이 자취를 감출 채비를 하면 비로소 하나둘 퇴근 카드를 찍고 건물을 빠져나왔다. 메건은 다른 직원들보다 조금 일찍 차를 탔다. 조수석에 백합 다발을 놓고 에단에게 받은 무선 미러링 장치를 바라보았다. 일러준 대로 버튼을 눌러 전원을 켜자 차량의 내비게이션이 리셋되며 목적지가 자동으로 설정되었다. 메건은 길을 따라서 운행하기 시작했다.

메건의 차는 국립공원의 푯말을 지나쳐 산길로 접어들었다. 비포장도로였지만 차가 충분히 다닐 만큼 넓고 노면도 대체로 골랐다. 아마도 양국에서 비상시에 사용하는 도로인 듯했다. 어둠이 고요 속으로 젖어 들고 있었다. 인적이 드문 산길을 밝히는 헤드라이트의 광선은 야행성 동물의 서슬 퍼런 눈처럼 사납게 어둠을 찢어나갔다.

얼마나 온 걸까. 메건의 차가 숲을 벗어나자 거대한 절벽이 모습을 드러냈다. 메건은 에단이 준 꽃다발을 들고 차에서 내렸다. 절벽에 가까이 다가갈수록 저 아래로 흐르는 물살이 당장이라도 솟구쳐 올라 메건을 잡아챌 것만 같은 거친 소음을 냈다. 매운바람이 메건의 머리카락을 넘기며 창백해진 얼굴을 사정없이 할퀴어댔다.

블랙 인페르노 사건 이후 몇 해 동안은 이곳에서 추모

행사가 열리기도 했다. 하지만 주 정부의 제안으로 아이들의 학교 인근에 추모 공원이 차려졌고, 그 이후로 추모 행사는 지금까지도 그곳에서, 버스가 최초로 발견된 날을 기점으로 개최되고 있었다. 그러나 몇 해 전부터 메건은 그보다 며칠 전에 홀로 이곳을 찾았다. 13년 전 오늘은 제이든이 집을 떠난 바로 그날이었다.

메건이 백합을 들고 절벽 아래를 한참이나 내려다봤다.
"뭔가가 이상해."

메건은 중얼거렸다. 저 절벽의 아래가 어쩌면 위는 아닐까, 하는 생각에 사로잡혀서였다. 자신이 지금 절벽의 저 끝을 내려다보는 게 아니라 올려다보고 있다는 기이한 느낌이 든 것이었다. 동시에 메건은 손을 뻗어 저 위로 가닿고 싶었고, 조금만 힘주어 뛰어오르면 그럴 수 있을 것만 같았다.

메건은 절벽 아래로 백합 다발을 떨어뜨렸다. 달빛을 받아 송이송이 빛나던 하얀 꽃잎이 어둠 속에서 불꽃놀이의 잔해처럼 소리 없이 져버렸다.

그때였다. 메건의 차에서 벨소리가 울렸다. 그 소리는

작고 여렸지만 메건은 그 신호를 분명하게 알아차릴 수 있었다. 제이든일 것이었다.

＊

 메건의 눈앞에 경찰서 입구의 환한 불빛이 보였다. 그녀는 방향지시등을 켠 채 마지막 신호를 기다리고 있었다. 되돌아오는 길에는 제이든뿐만이 아니라, 앤과 에단이, 그리고 모르는 번호로 몇 통의 전화가 더 걸려 왔다. 무슨 일이 생긴 게 분명했다. 그날처럼 심장이 또다시 두근거렸고, 메건에게 그건 극한의 통증과도 같았다. 그러나 메건은 아무 전화도 받지 않았다. 여기에 와 있다는 건 누구도 알아서는 안 되는 비밀스러운 의식이었다. 동시에 그 여정은 메건이 자신의 내면 깊숙한 곳으로 다녀오는 일과도 같았다. 메건은 누구에게도 방해받고 싶지 않았다.
 국경을 넘어 국립공원의 입구에 다다라서야 메건은 에단에게 먼저 전화를 되걸었다. 출입과 관련해서 곤란한 일을 겪은 걸까 싶어서였다. 에단은 메건에게 자이언트 밸리의 관할 경찰서로 곧장 가보라는 말을 전했다. 그도 자세한 영문은 모르는 눈치였다.

그리고 이제 주차를 마친 메건이 경찰서에 막 들어선 참이었다.

"메건?"

안내데스크 앞에서 두리번거리는 그녀를 알아본 흑인 형사가 다가왔다.

"윌리엄입니다. 저희가 급히 모신 건 확인해주셔야 할 중대한 사안이 있어서입니다."

메건은 경계했다. 그의 건장한 체구 때문이 아니었다. 불안한 예감이 들어서였다. 그러나 그게 어떤 종류의 불안인지는 메건도 알 수 없었다.

"무슨 일 때문에 그러세요?"

"그레이 씨와 관련한 일입니다."

그 순간 메건은 톰을 생각했다. 당연히 그랬다. 그가 '씨'라는 존칭을 붙였기 때문이었다. 하지만 벌써 십수 년 전에 죽은 남편에게 무슨 일이 생긴단 말인가.

메건은 윌리엄을 뒤쫓아 취조실로 걸어가는 동안에도 정신이 없었다. 경의에 찬 경찰들의 눈빛이 그녀를 더더욱 혼란스럽게 만들었다.

이제 메건은 취조실의 매직미러 앞에 서 있었다. 미러 너머에는 초췌한 행색을 한 한 남자가 앉아 있었다.

"저 남자 알아보시겠어요?"

메건은 곧바로 몸을 반대 방향으로 틀었다. 본능적인 동작이었다. 남자는 눈동자로 실내를 여기저기 살피며 다리를 떨고 있었다. 그 바람에 철제 의자가 덜덜덜 떨려 왔다. 그 난해한 광경을 한 문장으로 정리하겠다는 듯 윌리엄이 단호하게 말했다.

"제이든 그레이 씨가 돌아왔습니다."

3

*

 플래시 라이트가 켜지자 해묵은 기억 하나가 솟아올랐다. 어머니의 손을 잡고 무작정 산을 넘던 그날의 기억이. 마사가 열 살쯤이었으니, 벌써 삼십칠 년이 지난 일이었다. 나뭇가지에 살갗이 찔리거나 옷이 찢어지는 건 대수롭지 않은 일이었다. 아버지는 이제 갓 세 살이 지난 남동생을 부둥켜안고 있었다. 그 길은 아버지가 사촌의 친구에게 푼돈을 주고 알아낸 비밀 통로 같은 거였다. 그렇기에 국경 수비대가 나온 건 예상하지 못한 일이었고,

그 바람에 함께 월경을 시도한 무리가 뿔뿔이 흩어지고 말았다. 어머니는 마사의 손을 잡아챘고, 부둥켜안고선 입을 틀어막았다. 아버지는 벌써 저만치 달아난 모양이었다. 거기에 얼마나 오랫동안 있어야 하는지 마사는 알 수 없었다. 발가락이 얼어붙는 것만 같았다. 조금만 움직여도 바스락거리는 소리가 과장되게 들려왔다. 수비대가 그들 말로 이런저런 이야기를 하면서 웃어대는 게 바로 옆에서 들려오는듯 했다. 그 사람들의 소리가 사라지자 산 짐승이 먼저 반응했다. 부엉이 소리를 직접 들어본 것도 그때가 처음이었다. 마사는 태어나 처음으로 불행을 체감했다. 대체 왜 살던 집을 떠나야 했는지, 왜 이런 어둠 속으로 들어와야 했는지 이해할 수가 없었다. 얼마나 시간이 흐른 걸까. 어머니는 주머니에 넣어둔 손전등을 켰다. 노란 조명이 섬광처럼 눈앞을 밝혔다. 만약 마사가 아버지의 손을 잡고 있었다면 지금과는 전혀 다른 삶을 살았을 것이었고, 그건 마사의 의지나 선택과는 무관한 어떤 우연 같은 거였다.

"선배, 우리가 이번 달에 본 것 만해도 벌써 여섯 마리째네요."

샘이 마사를 현재로 불러냈다. 샘은 사슴의 사체를 가까이에서 살피고 있었다.

"무리가 이동하는 시즌이니, 어쩔 수 없지."

마사는 플래시 라이트로 사슴의 눈과 상처 부위를 비췄다. 사체에서는 아직 김이 피어오르고 있었다.

"무리에서 이탈한 애들일까요?"

샘이 무구하게 물은 그 말이 마사에게는 제법 날카롭게 느껴졌다.

"애들이 무슨 잘못이겠어. 이런 산길에 도로를 놓은 놈들이 문제지."

샘이 마사의 표정을 살피더니 분위기를 살리려 들었다.

"이러다가는 사슴들에게도 세금을 청구해야 할 판이에요."

그러나 마사는 아무런 말이 없었다.

둘은 낑낑대며 사슴을 도로 옆으로 치웠다. 마사가 도로의 흥건한 핏자국 위로 토사를 뿌리는 동안 샘이 무전기를 들고 로드킬을 접수했다. 그들은 야간 순찰 중이었다. 샘이 운전석에 마사가 보조석에 탑승했다.

"방금 무전 온 거 못 들으셨죠? 어떤 애 하나가 신고 받고 서에 들어왔다네요. 온몸이 피투성이에다가 횡설수설하고 있는데, 자기가 지옥에서 왔다나 뭐라나."

마사의 눈빛이 예사롭지 않게 변했다.

"지옥이 어딘지나 알고 하는 얘긴가……."

샘이 능청스럽게 덧붙이며 시동을 걸었다.

"몇 살이래?"

"열 살 정도 돼 보인다는데요?"

"오늘은 이만 서로 돌아가지."

평소와는 다른 마사의 말투에 샘도 한층 진지해졌다.

빨간 단풍잎이 그려진 국기를 단 경찰차는 마사가 흩뿌린 토사를 지나치며 앞으로 빠르게 나아갔다.

※

마사가 모포를 덮고 있는 아이에게 따뜻한 차를 건넸다. 젊은 경관이 책상에서 아이의 말을 받아 적고 있었다.

"추수하기 전에 꽃이 떨어지고 포도가 맺혀 익어갈 때에 내가 낫으로 그 연한 가지를 베며 퍼진 가지를 찍어버려서."

젊은 경관은 곤란한 얼굴로 샘과 마사를 번갈아 쳐다봤다.

"주 여호와께서 혁혁한 위력으로 그 가지를 꺾으시리니 그 장대한 자가 찍힐 것이오. 높은 자가 낮아질 것이며."

소년은 힘에 부쳐 하면서도 말을 끊지 않았다.

"내가 진실로 너에게 이르노니 한 알의 밀이 땅에 떨어져 죽지 아니하면 한 알 그대로 있고 죽으면 많은 열매를 맺느니라."

마사가 그 애를 끌어안아버린 건 그 말이 끝나고 나서였다.

"괜찮아. 괜찮아."

서에 있던 경관들이 하나둘 시선을 돌렸다. 마사를 신뢰하고 있었기 때문이었다.

"혹시 다른 아이들은 어떻게 됐는지 아니?"

마사가 조심스럽게 물었다. 그 애는 그제야 마사를 똑

바로 바라보더니 고개를 좌우로 흔들었다.

"그 애들을 위해서라도 넌 기억을 해내야만 해. 그게 신이 널 우리에게 보낸 이유란다."

소년은 그제야 자기가 본 것들을 꺼내어놓기 시작했다. 고문과 화형의 광기를, 반항과 징벌의 비참을, 악을 행한 자들의 소소한 기쁨을.

그런 중에도 마사는 베테랑답게 몇 가지 단서를 붙들었다. 굴뚝, 매캐한 연기, 쇳내, 전깃줄, 신발, 창이 없는 붉은 벽돌로 만든 집……. 마사는 서장실로 직접 찾아가서 하워드에게 사건 수사를 허락받았다. 샘에게는 실탄을 점검하도록 일렀고, 지원팀에게는 위치 정보 채널을 공유했다. 날이 밝기를 기다릴 수는 없었다. 피해자가 한두 명이 아닐 거라는 불길한 예감이 마사를 밀어붙였다.

✼

마사가 타겟으로 삼은 곳은 산등성이 너머 호숫가에 자리한 한적한 마을이었다. 그곳에서는 제련소의 굴뚝이 정면으로 보일뿐더러 간혹 황산 냄새나 고무 냄새와 관련한 민원이 들어오기도 한다는 걸 마사는 언젠가 들어 기억하고 있었다. 구리 광산이나 니켈 광산 쪽에도 굴뚝이 있지만, 아이가 수백 마일을 이동 수단 없이 두 발로 달아났다는 건 현실적으로 불가능한 일이었다. 아이의 말을 해석하자면 제련소 굴뚝이 보이는 마을 중 한 곳이어야 했다.

숲을 통과해 마을 어귀에 들어서자 기다란 굴뚝이 솟아난 게 보였다. 서너 집의 현관에 불이 켜져 있었지만 대부분은 하루를 마감한 뒤였다. 지붕이 낮은 집들의 그림자 같은 실루엣만이 가까스로 버티고 선 채였다.

"창이 없는 붉은 집이라는 건 어쩌면 별채나 창고일지도 몰라. 축사일 수도 있고."

마사의 추리에 샘은 서행하며 드문드문한 단층 건물들을 살펴나갔다. 그러나 별 소득이 없었다. 샘이 마을을 우회해서 돌아가려는데, 숲길이 어두워 아까와는 다른 길로 들어서고 말았다. 언덕 초입에 이르렀을 때 샘의 눈앞에 얼핏 보이는 게 있었다.

"혹시 저긴 아니겠죠?"

샘이 가리키는 곳에는 비교적 지붕이 높은 단층 건물 한 채가 나무 사이에 아담하게 자리 잡고 있었다.

"저기 보세요. 제가 학창 시절에 했던 놀이인데, 저런 유치한 짓거리를 아직도 하나 보네요."

메건이 샘의 손가락 끝에 시선을 두니 스니커즈 서너 개가 전깃줄에 걸려 있는 게 보였다.

"나 때는 떠돌이 마약상들에게 빼먹지 말고 들러달라는 신호였어. 그게 더 유치한 짓거리지만."

"아니, 팀장님은 어떻게 그런 걸."

마사가 샘을 쳐다보며 윙크했다.

"긴장 풀어, 샘."

그곳은 버려진 창고 같았다. 벽돌은 붉은색이 아닌 잿빛이었지만 빨간 담쟁이덩굴이 지붕에서부터 내려와 벽의 한 면을 두르고 있었다. 샘은 마사가 지시하는 대로 그 건물을 지나쳐서 커다란 나무 아래의 그늘에 차를 숨겼다. 뒤따르던 경찰차도 상황을 파악하고서는 나란히 주차했다.

마사와 샘, 그리고 두 명의 경관이 사주경계를 하며 천천히 건물 입구를 에워쌌다. 마사는 녹슨 철문에 가까이 다가서서 엄호를 지시했다. 그때였다. 멀리서부터 시끄러운 음악 소리가 들려왔다. 마사는 뒤로 빠지라는 수신호를 보냈다. 경찰은 둘씩 갈라져서 건물 옆 어둠 속으로 몸을 감췄다. 이내 지프 한 대가 흙먼지를 날리며 창고 앞에 차를 세웠다. 시동이 꺼지자 요란하던 음악 소리도 잠잠해졌다. 순식간에 찾아온 고요가 밤공기를 무겁고도 차갑게 만들었다. 깡마른 사내 하나가 종이 포장지를 움켜쥔 채로 차에서 뛰어내리다가 다리를 휘청이며 주저앉았다. 그 바람에 포장지에 싸여 있던 술병이 흙바닥에 나뒹굴었다.

"그러게. 적당히 좀 마시라니까."

 운전석과 보조석에서 내린 사내들이 낄낄거렸다. 그들은 이미 약에 취한 상태로 보였다. 몸은 흐느적거렸고, 말은 어눌했으며, 걸음은 느릿느릿했다. 운전석에서 내린 갈색 비니를 쓴 남자는 눈을 찌푸려가며 창고 옆 어둠을 응시했다.

"누린내가 나는걸?"

그는 코를 킁킁거리더니 바지를 내리고 창고 옆에 오줌을 갈겼다.

"그러게 제대로 태우라니까."

보조석에서 내린 사내는 안경을 올려 쓰며 창고 문을 열었다.

"오늘 싹 다 태워버리자. 이 집도 우리도."

바닥에서 일어난 사내가 술병을 쥐고 창고로 향했다.

"저 새끼는 가끔 미친놈처럼 군다니까."

안경잡이가 혀를 찼다.

그리고 얼마 후 비니가 동료들을 불렀다.

"잠깐만 나와봐."

"왜."

술병을 쥔 사내가 절룩거리며 나왔을 때, 그의 눈앞에 펼쳐진 건 비니의 뒤에서 총을 겨누고 있는 경찰들이었다.

"우리…… 좆된 거지?"

비니가 말하는 틈에 술병을 쥔 사내가 주머니에 손을 넣더니 총을 꺼내려 들었다. 마사는 반사적으로 그의 어깨에 총알을 명중시켰다. 술병을 쥔 사내는 총을 놓치며 쓰러졌다. 그 즉시 샘과 마사가 창고 안으로 달려들었다. 안에서 몇 번의 총격이 오고 갔다. 어디선가 문 열리는 소리가 났고, 보조석에서 내렸던 안경잡이가 창고에서 빠져나갔다. 마사와 샘은 그를 추격했다. 그런 틈에 비니가 자신을 붙잡고 있는 경찰을 밀치고 지프를 향해 내달렸다. 경찰이 그를 향해 총격을 가했다. 비니가 털썩 엎어졌다. 그러나 이내 다리를 질질 끌며 일어나 지프에 올라타고는 재빠르게 시동을 걸었다.

마사와 샘은 안경잡이를 쫓아 전나무 숲속으로 들어와버렸다. 어둠은 사방을 가로막은 벽처럼 두껍고 단단해 보였다. 발걸음 소리가 멎은 걸로 봐서는 그 역시 이 어둠 속에서 숨죽이고 있을 것이었다. 그때 나뭇가지가 부러지는 소리가 났다. 둘레가 두꺼운 큰 나무 뒤편인 듯했다. 마사는 샘에게 양쪽에서 포박하자는 신호를 보냈다. 어둠의 저편에서부터 사이렌 소리가 연이어 들려왔다. 지원 병력이 도착했다는 신호였다. 마사는 최대한 이 자를 생포하고 싶었다. 그러기 위해서는 샘과의 협업이 중

요했다. 파트너로 2년을 지낸 샘은 심성은 여려도 성실한 경관이었다. 마사는 숨을 고르고 샘과 마주하기로 한 그 나무 뒤편으로 돌아서며 총을 겨눴다.

"팀장님."

샘이었다. 안경을 낀 범인이 샘의 머리에 총을 겨누고 있었다.

"진정해. 어차피 도망칠 수 없다는 걸 너도 알잖아."

그를 자극할 필요는 없었지만 그렇다고 해서 하고 싶은 대로 둘 수도 없었다. 마사는 안경 너머에서 초점이 흔들리고 있는 그의 몽롱한 눈동자를 노려보았다.

"지옥이 어디 있는지 아세요?"

그는 약에 잔뜩 취해서인지 제정신이 아닌 것 같았다. 자칫 하다가는 먼저 격발해야 할 수도 있다는 걸 본능이 먼저 알려주었다. 샘은 콧숨을 몰아쉬며 자책하는 표정을 지었다.

"무서운 거지?"

마사가 조곤조곤하게 말했다.

"얘야. 외로웠겠구나. 이런 어둠 속에서……."

회유책인 듯 강경책인 듯 알 수 없는 마사의 어조에 그의 눈빛이 떨려왔다.

"뼈를 녹이려면 1100℃는 되어야 하거든요. 쇳물이 1400℃ 정도니까 충분하단 말인 거죠. 총알이 발사될 때가 267℃, 다섯 발이면 이 사람의 두개골은 싹 녹아내릴 거예요. 문제라면 다섯 발을 쏠 때까지 내가 살아 있을 수가 없다는 거겠죠."

마사는 그의 말을 귀담아듣는 척하면서 눈으로는 샘과 신호를 주고받았다. 한 번의 기회에 그를 맞추지 못하면 둘 다 위험해질 것이었다.

"확률론을 창시한 카르다노는 자신이 죽는 날짜를 계산하고, 그걸 증명하려 예정된 날에 자살했어요. 그건 논증일까요, 오기일까요."

마사와 샘은 속으로 숫자를 세었다.

"저는 한때 수학을 좋아했어요. 계산이 제법 빨랐거든요."

5초 후면 모든 게 결정 날 것이었다.

"멍청이들. 지옥은 바로 여기야."

그가 방아쇠를 당겼다. 그러나 총구가 향한 건 샘이 아닌 자기 머리였다.

단 한 발로 충분했다. 잠을 청하던 산새들이 화들짝 놀라 잎사귀를 뒤흔들며 날아올랐다.

※

마을은 경찰에 의해 출입이 봉쇄되었다. 마사는 샘을 의료진에게 맡겼다. 샘은 총격 당시의 충격이 가시지 않은 듯 눈을 부릅뜬 채로 멍해져 있었다. 마사가 아무리 불러보아도 시선조차 맞추지 못했다.

마사는 폴리스라인 안으로 들어갔다. 감식반이 여기저기 사진을 찍고 현장 감식을 진행 중이었다. 그 건물은 마을의 공용 농기구나 장비를 보관하는 대형 창고였다. 이들이 어떻게 이 공간을 선점하게 되었는지는 몰라도 분명한 건 여기서 벌어진 일들이 심상치 않다는 것이었다. 총격전 때만 해도 마사의 눈에는 그런 것들이 보이지 않았다. 오직 범인을 잡아야 한다는 생각에 사로잡혀 있었기 때문이었다. 하지만 총격전이 끝나고 나니 창고 안의 물건들이 마사의 눈에 들어왔다. 벽돌을 촘촘하게 쌓아 만든 간이 화로, 나무를 자를 때 쓰는 톱날과 굳어버린 핏물, 거대한 나무 도마 같은 것들을 보자 정신이 혼미해졌다. 감식반이 한쪽 벽면에 고정된 철제 사물함을 열었다. 색이 화려하고 사이즈가 작은 옷들이 차곡차곡 개어져 있었다. 수십 벌은 되어 보였다.

"한 놈은 자살했다며?"

마사의 직속상관이자 담당서의 경찰서장 하워드였다.

"죄송합니다. 제 불찰입니다."

"아니야. 샘 소식 들었네. 한 놈은 어깨 총상, 나머지 한 놈은 다리 부상. 그 정도로 끝난 게 다행이지. 주요 도로 통제하고, 인근 지역 CCTV, 교통 카메라 전부 털어서 지프차 찾아내. 우리가 먼저 발견해야 해. 냄새 맡으면 연방 경찰이 달려들 테니까."

마사는 하워드와 함께 벽돌로 지어진 간이 화로 앞에 섰다.

"내 살면서 이런 끔찍한 광경을 보게 될 줄은……."

서장이 말했다.

"빨간색 벽돌집……."

마사가 중얼거렸다.

"그 애가 본 게 이거군요."

이곳에서 탈출한 소년이 말한 건 빨간 담쟁이덩굴이 외벽을 둘러싸고 있던 이 창고를 두고 한 말이 아니었다. 그건 화로였다. 지옥에서 타오르는 불이었다.

*

메건은 제이든을 뒷좌석에 앉히고 차 문을 닫았다. 제이든은 군말 없이 시키는 대로 했다. 어쩌면 말을 잊은 것일까, 그러나 메건은 쉽사리 말을 걸지도 못했다. 메건은 시동을 걸고 습관처럼 보조석의 고글을 어루만졌다.

"네가 없는 동안 많은 일들이 있었어."

메건이 말했다.

"너에게는 더 많은 일들이 있었겠지."

제이든은 여전히 묵묵부답이었다.

운전석 차창으로 누군가 노크했다. 윌리엄이었다.

"제이든 씨가 몰고 온 차량은 조사할 게 남아서 저희가 보관하고 있겠습니다. 상황을 감안해 서류 정리만 되면 넘겨드리겠습니다."

"네."

메건이 낮게 읊조렸다.

"자세한 조사는 차차 하도록 하겠습니다. 아, 주지사님으로부터 메건 그레이 여사님께 신의 축복을 전해드리라는 특별 요청이 있었습니다."

벌써 곳곳에 연락이 닿은 것이다. 놀랄 것도 없었다. 그녀도 얼마간은 그런 행정적인 정황에 찌들어 있었던 적이 있었고, 전혀 그럴 것 같지 않았던 절차가 도움이 되었던 순간도 있었다. 그녀의 생각은 자꾸만 정면을 비켜나갔다. 이런 순간에 대체 왜 쓸데없는 생각을 하는 건지 메건은 스스로에게도 화가 날 지경이었다.

"늦은 시간까지 수고 많으셨어요."

메건은 윌리엄에게 진심 어린 감사를 전했다.

"이건 기적입니다."

그 말이 메건의 어딘가를 찔렀다. 메건은 울컥해 눈물이 나올 것만 같았다.

※

미국의 국경을 넘어올 때만 해도 그들 모녀는 캐나다에서 지내게 될 거라고는 생각하지 못했다. 한동안 마사는 뒤바뀌는 기후와 언어에 적응해야 했고, 집 없이 떠돌아다니는 삶에 익숙해져야 했다. 그들은 노숙인 보호소에서 지내기도 했고, 일을 하면 재워주는 호텔에서 지내기도 했다. 그러다 어머니가 관광지의 한 호텔에서 캐시 잡으로 일할 당시, 휴가를 온 멕시코계 캐나다인과 눈이 맞은 이후 그들은 과감하게 캐나다행을 택했다. 어머니가 재혼하자 그들에게 불법이라는 단어는 지워졌다. 그러나 이민자나 체류자라는 시선은 끝까지 마사를 뒤쫓아 다녔다. 마사가 경찰이 된 까닭도 그 빌어먹을 시선을 지울 유일한 방법이라는 판단에서였다.

사무실로 돌아온 뒤에도 마사의 눈에서 지워지지 않는

이미지가 있었다. 창고에서 발견된 옷들이었다. 감식반은 납치된 아이들 대부분이 홈리스나 불법 체류자의 자녀들 같다는 의견을 내놓았다. 그렇기에 신고도 제대로 이뤄지지 않았고, 경찰 측에서도 적극적이지 않았던 것이었다. 마사는 책상 위에 총기를 올려두고, 의자에 기대어 숨을 돌렸다. 이미 지칠 대로 지쳐버렸다. 하루의 마무리가 이런 식이라면 머지않아 은퇴를 고려하는 것도 나쁘지는 않을 것 같았다.

당직을 서던 후배 경찰이 서류 파일을 들고 다가온 건 마사가 막 퇴근하려 옷을 갈아입은 후였다.

"팀장님. 몽타주 확인 좀 해주세요. 급한 대로 그리기는 했는데, 연방 경찰이 피해자를 인계해 가버려서요."

마사는 놀란 기색이었다.

"서장님도 알고 계셔?"

그가 고개를 끄덕였다.

"팀장님께 말 안 했어요? 당연히 한 줄 알았는데. 그런데 이상한 건요."

"왜?"

마사가 의문을 표하자 그가 서류를 넘기며 말을 이었다.

"애가 충격이 심한지 말이 오락가락하긴 했는데……. 연방 경찰 측에서 3D 몽타주 프로그램으로 뽑아내겠지만 그래도 팀장님도 이 사실은 아셔야 할 것 같아서요."

마지막 장을 넘겨보던 마사의 손이 멈칫했다.

"일당이 한 명 더 있었던 것 같습니다."

수염이 듬성듬성 나 있고, 턱선이 날카롭지만 아직 앳된 눈을 가진 사내였다. 어디에서 본 것 같은 얼굴이기도 했다.

"그 애 말로는 이자가 리더였답니다."

마사는 스케치 된 낯선 얼굴을 오랫동안 바라보았다.

*

자이언트 밸리에도 어느새 새벽이 내려앉았다. 메건은 바로 거기에, 그 숲속 마을에 여전히 살고 있었다. 적막한 차 안에서 운전대만 힘주어 잡은 메건은 어쩐지 긴장한 얼굴이었다. 몇 번이나 입을 떼려 했지만 쉽사리 말을 내뱉지 못했다. 제이든은 창밖을 바라보고 있었다. 메건은 아들을 찾아내려 지옥 끝까지 내려가려 했다. 메건은 기억 속에 꼭꼭 숨겨져 있던 그 얼굴이 맞는지 자꾸만 확인하고 싶었다. 그녀는 룸미러로 뒷좌석에 탄 아들을 힐끔거렸다.

4

※

 메건은 제이든이 자꾸만 보고 싶었다. 같은 집에 있는데도 그랬다. 이 일이 꿈이 아니라는 걸 또다시 확인하고 싶었고, 그러면 안 된다는 걸 알면서도 조심스럽게 방문을 열었다.

 제이든은 곧장 잠든 모양이었다. 침대 아래로 길쭉하게 뻗은 길어진 다리가 신비로웠다. 제이든은 이마에 손을 괸 채로 엎드려 있었다. 메건은 그 애의 이름을 부르고 싶었다. 다가가서 등을 도닥이고 싶었다. 몸을 바르게 돌려주고 싶었다. 이마에 키스하고 싶었다. 사랑한다고 말해주고 싶었다.

캠핑을 떠난 제이든이 제 방으로 돌아오기까지 이렇게 오랜 시간이 걸릴 거라고는 생각해본 적이 없었다. 제이든 역시 마찬가지일 것이었다. 그렇지만 언젠가는 반드시 돌아온다는 믿음이 있었다. 헛된 믿음이라는 걸 알면서도 메건은 그랬다. 그렇기에 작은 흐트러짐도 없이 그 모습 그대로 둔 것이었다. 제이든이 좋아하는 마블 캐릭터 이불과 멈춰버린 탁상시계와 바람 빠진 농구공과 뚜껑이 벗겨진 볼펜까지 모두. 그런 믿음이 없었다면 메건은 진즉에 죽는 걸 선택했을 것이었다. 그러나 막상 제이든이 돌아오자 메건은 무엇부터 다시 시작해야 하는지 판단이 서지 않았다.

정신이 든 건 바깥에서 들려오는 낯선 소음을 듣고서였다. 아직 태양이 떠오르기도 전이었다. 커튼을 걷어보자 방송국의 취재 차량에서 내린 사람들이 카메라를 설치하고 있는 게 보였다. 그 순간 고글을 차에 두고 왔다는 사실을 떠올렸다. 그런 일은 처음이었다. 그러나 사람들의 시선을 뚫고 차로 걸어갈 수는 없는 노릇이었다. 인터뷰를 요청해 온다면 무슨 말을 해야 할까. 심정을 물어본다면. 메건의 머릿속은 새하얘졌다.

*

마사는 현장 사진을 띄워놓은 스크린 옆에서 수사에 대한 브리핑을 이어갔다. 상부는 캐나다 연방 경찰과 밴쿠버시 경찰을 브리티시 컬럼비아주의 한 산간 마을을 관할하는 자치 경찰팀에 파견해 특별수사본부를 꾸리게 했다. 로드킬 당한 동물의 사체나 정리하던 한적한 경찰서에는 전에 없던 활기와 긴장이 어우러졌다. 마사가 현장에서 마주친 세 명의 범인에 대해 브리핑하는 참이었다.

"범행 현장에서 탈출한 생존자, 스티븐 홀의 증언과 현장 감식반의 소견에 따르면 용의자들은 빈민가 아이들이나 불법 체류자의 자녀를 대상으로 범행을 계획했습니다. 애초에 인질을 이용해 금전을 요구할 목적이 아니었고, 그런 시도를 한 적이 없다는 점을 봐선."

마사의 입술이 부르르 떨렸다. 그녀는 몇 번이나 마이크 앞에 입술을 가져다 대었다가 떼었다가 했다. 목이 메었다. 이 작고 소박한 마을에서 벌어졌다기에는, 아니 인간이 벌였다기에는 범행 과정이 지나치게 잔혹했다.

"처음부터 고문하고 태우는 데에 목적이 있었던 것 같습니다."

마사가 서장의 반려에도 불구하고 상부에 직접 추가 인력을 요청한 까닭도 그 때문이었다.

"체포된 놈은? 그런 짓을 벌인 이유나 공범에 대한 정보는?"

서장은 전자담배에 전원을 넣고 습관처럼 흡입구를 손으로 톡톡 두드리며 물었다.

"진술을 거부하고 있습니다."

"대화가 힘든 상태인가?"

"그건 아닙니다. 혈액에서 마약 양성반응이 나오긴 했지만, 의사소통이 가능한 상태인데다 정신감정 결과도 정상 소견이 나왔습니다."

서장은 질문을 이어갔다. 파견된 경관들은 저마다의

방식으로 사건을 정리하고 있었다.

"용의자 추적은 어떻게 되어 가나?"

마사가 신호를 보내자 샘이 노트북을 조작해 스크린에 영상을 띄웠다. 현장에서 달아난 지프가 터미널 인근에 세워져 있었다. 다음 영상에서는 비니를 눌러쓴 용의자가 두리번거리는 모습이 찍혀 있었다. 그는 다리를 절고 있었다.

"도주한 용의자 캐머런 잭슨이 밴쿠버시 외곽 지역의 여객선 터미널 CCTV에 찍힌 영상을 확보했습니다. 저희 주에 섬이 많다는 걸 이용해 경찰의 눈을 따돌릴 작정으로 보이며, 인근 지역 출신일 수도 있다는 데에 포커스를 맞추고 밴쿠버시 경찰과 공조해 수사하고 있습니다. 그리고."

이번에는 다른 사내의 몽타주가 떴다.

"스티븐 홀의 진술 과정에서 리더로 지목한 용의자의 몽타주입니다. 검거 당시에는 목격되지 않았지만, 며칠 전 마트에서 비슷한 인상착의의 남자가 용의자들과 같이 있는 걸 목격한 직원의 진술을 확보했습니다. 목격자에 따르면 해당 남성은 어떤 이유에서인지 용의자들과 다툰 후에 혼자 차를 타고 떠났다고 합니다."

마트 앞 CCTV 영상은 일당들의 지프차와 그 옆에 주차되어 있는 낡은 스포츠카를 비추고 있었다. 이내 마트에서 나온 한 남자가 스포츠카에 탑승했다.

"해당 차량의 동선을 추적한 결과 국경 출입국 관리소를 통해 미국으로 이민 신청을 한 이 남자의 신원을 확보했습니다. 23세인 이 남성의 이름은 제이든 그레이입니다."

스크린에는 출입국 관리소에서 찍힌 걸로 보이는 제이든의 사진이 떴다. 그가 CCTV를 바라보는 장면에서 화면이 멈췄다.

✻

메건은 상담실의 오래된 일인용 소파에 앉을 때마다 가죽의 선득한 감촉에 조금 놀라고는 했다. 하지만 이내 소파가 몸을 끌어안아 준다고 느낄 만큼 포근한 기분에 휩싸였다. 이런 소파라면 오래 간직해도 좋겠다는 생각이 절로 들었고, 가구 만들기를 취미로 삼던 톰이 떠올랐다. 그건 의사를 기다리면서 드는 잡념 같은 거였다. 상담의 로렌은 마치 메건의 잡념이 꼬리에 꼬리를 물고 이어지길 기대하듯 의도적으로 5분가량 늦게 나타났다.

"어떤 생각, 하고 계셨어요?"

늘 같은 질문으로 상담은 시작되었다. 안부 인사나 근황에 관한 질문은 그다음이었다. 로렌은 여전히 같은 톤의 목소리로 지금 이 순간의 생각을 묻는 것으로 상담을 시작했다.

"톰이 만든 의자를 부모님께 선물로 드렸던 그날을 생각하고 있었어요."

"그 의자는 어떤 나무를 사용했나요?"

"마호가니. 톰은 마호가니를 애용했어요."

"집에 톰이 만든 마호가니 가구를 떠올려보세요. 무엇이 가장 먼저 떠오르나요?"

"액자……."

"액자에는 누가 있나요?"

"톰과 제이든과······."

메건이 머뭇거렸다.

그제야 로렌은 메건에게 인사를 건넸다. 그들은 이제 무얼 해야 하는지 알고 있었다. 바로 그 머뭇거림을, 주저함을, 망설임을, 더듬는 순간을, 말이 말을 잡아채어 놓아주지 않는 순간을 교감하고 나누어야 했다. 그게 과거에서 벗어나는 일이며, 현재를 살아갈 방법이라는 걸 메건은 수련과도 같은 상담 과정을 통해서 체득해왔다. 그들은 진지하게 대화에 임했다.

로렌은 메건이 그 절벽에서 자살 시도를 한 이후 뉴스에서 사건을 접하고 자처해서 심리 상담을 해주고 있었다. 한 달에 한 번 진행했던 상담 주기는 점차 길어져 메건은 이제 일 년에 한 번 정도 이곳을 방문했다. 그러나 메건이 급히 예약해 온 까닭을 로렌도 모를 리가 없었다. 제이든이 살아 돌아온 건 그 지역의 최대 이슈였다.

"근래에는 '낙원의 아이들'에 접속을 못 했어요. 이제 제이든이 돌아왔으니 트랜스 휴먼 측에서 반납을 요구해 올까요? 만약 그러면 전 어떻게 해야 할지 모르겠어요. 지금 이 상황이 현실이라는 것도 믿기지 않아서."

메건은 솔직한 마음을 털어놓았다.

"충분히 혼란스러울 수 있는 상황이에요. 갑작스레 바꾸려 들면 뭐든 부작용이 따릅니다. 저에게 중요한 건 AI 제이든이나, 진짜 제이든이 아니에요. 메건. 다시 요리를 시작해보는 건 어때요? 그날 이후로 주방을 모두 정리했잖아요. 그 생각도 존중하지만, 의도적이고 의식적인 행동이었어요. 제이든이 돌아왔으니 하나둘 원래대로 돌려놓는 거예요. 제자리로."

"제자리로."

메건은 로렌이 한 마지막 말을 나지막이 되풀이했다.

*

메건은 새로 배송된 주방 도구들을 하나하나 제자리에 놓았다. 가급적 예전에 샀던 브랜드이거나 눈에 익은 제품들을 구매했다. 주둥이가 얇은 전기 포트, 타이머 소리가 청량한 오븐, 독일제 진공 블렌더와 어안렌즈처럼 과장되게 제이든의 얼굴을 비추던 은색 토스터까지. 주방은 점차 예전과 닮은꼴로 바뀌어갔다.

어느새 방에서 나온 제이든이 분주하게 주방을 정돈하는 메건을 바라보고 있었다.

"일어났니? 샌드위치 만들어놨어. 저녁은 조금 더 근사하게 차려줄게. 주스만 내리면 되니까 조금만 기다려줄래?"

메건의 목소리는 상담 후로 확실히 밝고 경쾌하게 바뀌어 있었다.

"내 차는요?"

제이든은 여전히 무뚝뚝하게 굴었다.

"카센터에 맡겨뒀어. 정비를 해두는 게 좋을 것 같아서. 어디 다녀오려면 엄마 차 타고 갔다 와도 돼."

"아뇨. 뭐, 딱히 갈 데가 있는 건 아니고."

제이든은 아직 수염도 제대로 깎지 않았고 머리카락도 부스스했다.

"병원이나 미용실 같은 곳은 내가 예약을 잡아줄게. 예전하고는 많이 달라져서 예약을 하지 않으면."

메건이 말하는 중에 제이든이 오븐을 열더니 손을 넣었다.

"뜨거워."

메건이 놀라 소리쳤지만, 제이든은 무심하게 소시지를 꺼내어 크게 베어 물었다.

"제이든. 엄마가 새로 구워줄게. 한쪽이 다 타버렸잖아. 아직 새 오븐이 익숙하지 않아서 그래. 금방 될 거야."

제이든은 소시지의 검은 면을 바라보더니 입에 쏙 넣고서는 질겅질겅 씹으며 돌아섰다. 그때였다. 전화벨이 울려 대자 제이든이 발걸음을 멈췄다. 메건은 액정을 확인했지만 전화를 받지 않았다.

"안 받아요?"

집에 돌아온 후로 제이든이 관심을 가진 건 처음이었다. 전화벨은 집요하게 울려 댔다.

메건은 앞치마를 벗어놓고 마당으로 나갔다.

"제이든?"

메건의 목소리가 조금 바뀌었다. 당연한 일이었다. 낙원에 있는 제이든은 열 살을 막 넘긴 소년에 불과했다.

"엄마. 엄마도 이제 나를 만나러 오지 않을 거죠?"

제이든은 풀이 죽어 있었다. 메건은 그 말에 놀랄 수밖에 없었다. 벌써 '낙원에 아이들'에 접속하지 못한 지 수일이나 지나 있었지만, 그렇다고 해도 제이든이 이런 반응을 보일 거라고는 전혀 예상하지 못했기 때문이었다.

"나를 버리려는 거잖아요. 그렇죠?"

제이든이 울먹였다.

"그게 무슨 말이야, 제이든? 누가 그래?"

메건은 제이든을 다독였다. 그게 우선이었다.

"있잖아, 크리스랑 릴리가 없어졌어요. 엄마 아빠가 더 이상 찾아오지 않겠다고 통보해 와서 데이터가 삭제된 거래요."

메건은 처음 듣는 말이었다. 그런 사정에 대해서는 아무런 정보가 없었다.

"엄마가 더 이상 날 안 찾게 되면, 나도 그렇게 없어지게 되는 거잖아요. 그렇게 될까봐 너무 무서워요, 엄마."

"아냐, 아냐. 제이든, 그런 일은 절대 없어. 그런 생각 들게 해서 엄마가 미안해."

제이든에게 또다시 지우지 못할 상처를 줄 수는 없었다. 메건은 제이든에게 약속했다.

"다시는 너를 혼자 두지 않을 거야. 다시는."

그 순간 메건은 누군가의 시선을 느꼈다. 안방의 커튼 뒤에서 성인 남자의 실루엣이 어른거렸다.

옆집의 노부부가 찾아온 건 메건이 이제 막 청소를 마쳤을 때였다. 문을 열자 노부부가 케이크를 들고 서 있었다. 잘 부푼 스펀지케이크의 윗면에는 '환영해 제이든'이라는 문구가 이탤릭체로 레터링 되어 있었다.

"축하드리고 싶어서요."

"세상에. 잠깐 들어오실래요?"

그들은 메건의 초대에 기꺼이 응했다.

"제이든 잠깐 나와볼래? 옆집에 살던 두 분 기억나? 너를 위해 케이크를 만들어 오셨어. 제이든?"

잠시 후에 제이든이 목에 헤드폰을 걸고 방에서 나왔다. 헤드폰에서 탈출한 음악 소리가 요란하게 흩어졌다. 제이든의 얼굴은 푸석했고, 옷도 제대로 갖춰 입지 않은 채였다. 마지못해 나온 기색이 역력했다. 제이든은 방문 앞에서 얼굴만 비췄을 뿐 인사도 제대로 하지 않고 서 있었다. 그러다 뭔가가 생각났는지 이죽거리며 물었다.

"루이는요? 그러고 보니 한 번도 안 짖네. 죽었어요?"

제이든이 아무렇게나 내뱉은 그 말에 두 사람의 표정이 순식간에 굳어버렸다. 이번에는 메건도 참지 못했다. 그러나 그걸 알아챈 미셸이 서둘러 메건의 손을 잡았다.

"루이는 사 년 전에 세상을 떠났단다."

케이크를 들고 있던 레이먼도 거들었다.

"어쩐지 넌 더 남자다워진 것 같구나."

제이든은 따분하다는 표정으로 대답을 대신했다.

"그동안 메건이 널 얼마나 그리워했는지, 곁에서 보기에도 마음이 아플 정도였단다. 돌아와줘서 고맙구나."

그들은 이만하면 충분한 환영식이 되었다고 생각하는 듯 케이크를 메건에게 건넸다.

"신경 써주셔서 감사해요."

메건이 말했다. 메건은 제이든이 무슨 말이라도 해주기를 기대했다.

"제이든 언제 한번 놀러 오렴. 루이의 묘도 멀지 않은 곳에 있거든. 네가 걸어오는 걸 몇십 미터도 전에 먼저 알아차릴 거다."

제이든의 표정이 구겨졌다. 어쩐지 그 말은 루이에 대한 감상에 잠겨 뱉은 게 아닌 것 같았기 때문이었다.

그들이 떠나자 메건은 제이든에게 다가가서 목에 걸린 헤드폰을 벗겨냈다.

"기억할지 모르겠지만, 네가 어릴 때 루이가 너에게 달려든 이후로 사실 사이가 좋지는 않았어. 그렇지만 그 일이 있고, 엄마가 고립된 채 지내는 동안 두 분이 성심성의껏 우리 집 마당을 가꿔주었어. 펜스도 칠하고, 꽃도 심고, 우편물도 날짜별로 정리를 해두었어. 그분들은 알고 있었어. 우리의 일상이 가지는 의미가 어떤 건지. 그게 어떤 힘이 있는지. 루이는 두 분께는 자식과도 같았어. 네가 함부로 말해서는 안 되는 것도 있는 거야."

메시지는 명확했다. 메건은 말하면서도 지나치게 흥분한 것에 대해 후회가 들 정도였다. 그러나 제이든은 그제야 또렷이 떠올랐다는 듯 황급히 말을 되받았다.
"그거 그 개가 그런 게 아니라 아빠가 그랬어요."
메건은 갑작스러운 제이든의 반응이 혼란스러웠다.
"톰? 톰이 뭘 했는데?"
"루이가 아빠 출근길에 가죽 가방을 물어뜯어서 자갈을 던져서 복수 해주는 걸 내가 봤거든요. 한쪽 귀가 찢어져서 깨갱거리니깐 아빠가 '엑설런트'라고 그랬었는데."
제이든은 그걸 기억해냈다는 데에 대한 희열을 느끼는 듯 기쁨에 찬 얼굴이 되어 케이크를 한입 베어 물었다. 메건은 그 애의 입을, 그 검은 동굴 같은 속을 엿보았다. 환영이라는 글자가 단숨에 제이든의 입속으로 빨려 들어갔다.

5

※

 자이언트 밸리는 서른 가구 정도가 모여 있는 작은 마을이었다. 마을 입구에는 이 땅에 초석을 다진 백인 개척자들의 이름이 새겨진 표지석이 세워져 있었다. 톰의 고조부는 북동부 덜루스에서부터 북서부의 포틀랜드까지 북태평양 철도를 타고 왔다. 그는 이미 목재 회사와 계약을 맺은 터였다. 미국 전역에 대공황의 여파가 휘몰아쳤지만 포틀랜드의 목재 회사는 건재했다. 그는 아들이 태어날 즈음에 제재소를 관리하는 책임자로 승진했으며,

몇 년 후에는 시애틀의 신생 목재 회사에 스카우트 제안을 받게 되었다. 그는 오래된 숲을 찾아내어 벌목하는 일에 평생을 바쳤다. 그가 베어낸 나무둥치는 헤아릴 수 없을 정도였다. 그 과정에서 사냥한 야생 동물의 가죽을 벗겨 팔기도 했다. 그때 발견한 원주민 마을이 자이언트 밸리였다. 드넓은 숲으로 둘러싸인 그 터는 누구에게라도 아담한 둥지처럼 편안하고 안전한 느낌이 들게 했다. 그는 동료들과 함께 그 터 전체를 사들이기로 모의했고, 그 지역의 나무를 베어낸 돈으로 원주민 몇몇을 매수했다.

톰은 부모를 설득하여 선대로부터 물려받은 유산이자 그들 가족이 보수를 마친 이후에는 별장으로 사용하던 그 집을 결혼 선물로 받아냈다. 톰이 이 마을을 그들의 첫 보금자리로 결정한 데에는 자이언트 밸리에서 메건의 직장인 국경 관리소로 가는 새 도로가 생겼기 때문이라고 그녀는 믿어왔다. 그가 방송국까지 가는 출근길은 전보다 두 배가 넘는 시간이 걸렸고, 당연히 오는 시간도 그만큼이 걸렸다. 메건은 종종 그 사실에 대해서 미안함과 고마움을 느꼈다. 톰은 간혹 산림욕을 하겠다며 나체로 산행에 나서거나 나무를 직접 베어와 지하 작업실에서 며칠이고 몰두하며 손질하기도 했다. 메건은 그가 스스로 목숨을 놓아버리기 전까지 우울증을 앓고 있었다는 것조차도 모르고 있었다. 작업실 수납장에서 일기장을 발견하고서야 메건은 톰이 살아가는 일을 얼마나 지겨워했는지, 그 권태를 어떤 방식으로 견디며 버텨왔는지 알게 되었다.

 메건의 차가 흙먼지를 날리며 마을로 들어섰다. 메건은 늦은 오후의 연한 햇살이 비스듬히 내려앉은 표지석 옆에 차를 세웠다. 잔디에서 혼자 축구공을 가지고 노는 호세가 눈에 띄었기 때문이었다. 언젠가부터 하나둘 축구공을 가지고 노는 애들이 보이기 시작했다. 그건 미국 전역에서 일어나는 유행처럼 보였다. 유럽 리그의 스타들이 하나둘 이적했기 때문이라는 걸 메건도 신문에서 읽은 적이 있었다. 기자는 그 현상을 개척이라고 표현했다.

 "여기로 차 보렴."

 메건이 호세에게 말했다. 호세는 갑자기 신이 난 듯 힘주어 공을 찼고, 공은 메건의 발 옆으로 빠르게 스쳐 갔다.

"와, 너 정말 잘 차는데?"

메건의 칭찬에 호세는 기운이 넘친다는 듯 공을 주우러 달려갔다. 메건은 그렇게 서너 번 호세와 공을 주고받았다.

"패스할 때는 인사이드로 차면 더 정확하게 굴러가요. 아주머니는 발 앞꿈치로만 차셔서……."

호세는 허공에 시범을 보이며 말했다.

"제이든 형은 축구 안 좋아해요? 같이 하면 좋을 텐데."

그 애가 수줍게 말했을 때 메건은 곧잘 넘어지던 그 나이대의 제이든이 떠올라 빙그레 웃었다. 그러고는 이내 자신이 지금 웃을 수 있는 것은 제이든이 돌아왔기 때문이라는 걸 깨달았다.

"내가 한번 이야기해볼게. 네가 가르쳐줘야 할지도 몰라. 제이든은 농구를 더 좋아했거든."

태양이 금세 이울었다. 걸어서 5분 정도밖에 되지 않는 거리였지만, 메건은 호세를 태우고 집으로 돌아왔다. 메건의 차에서 호세가 내리자 마당에서 아들을 기다리고 있던 마리아가 의아한 얼굴로 달려왔다.

"호세, 너 또 아주머니 귀찮게 했어?"

호세는 마리아에게 달려가서 응석을 부렸다.

"아니에요. 축구하는 법을 좀 알려달라 했거든요."

메건이 트렁크를 열며 말했다.

"저……."

메건의 호의가 마리아의 말문을 열게 했다. 호세는 어느새 저만치 뛰어가서 다시금 볼 트래핑에 열중하고 있었다.

"저희가 처음 여기 자리 잡을 때, 메건 씨가 도와주지 않았다면 이미 추방됐을지도 몰라요. 제가 그 은혜는 평생 못 잊는 거 알고 계시죠?"

선거철이면 불어닥치는 불법 이민자 단속 이슈 속에서 메건은 그들의 임시 보호 상태에 대한 서류 작성을 위해 변호사비와 보험금을 마련해주었고, 그게 증거로 채택되어 취업 허가증을 받아낼 수 있었다.

"아니에요. 그건 제이든의 이름으로 기부한 거잖아요."

마리아는 이제 결심을 굳혔다는 듯 용건을 꺼냈다.

"호세가 내년에 학교에 들어가야 하는데, 염치없지만

부탁을 좀 드리려고요."

 메건은 마리아가 무리한 부탁을 할 것만 같았고, 호세를 태우고 돌아온 걸 잠깐 후회했다.

"이 구역 교육위원인 샬롯 씨의 몇몇 발언에 대한 영향으로 시내에 있는 초등학교에는 입학할 수 없다는 통지서가 날아왔어요. 그럼 호세는 두 시간이 더 넘게 걸리는 이민자 학교로 통학해야 하는데 저는 이런 상황이 부당하다고 느껴져서요. 메건 씨가 한번 말해주시면 안 될까요? 예전에 그 사건 피해자 중 한 분이니 가까우실 것 같아서요."

 메건도 미아의 어머니자 유가족 대표를 지낸 샬롯을 한번은 만나야 한다고 생각하고 있던 터였다. 그렇지만 다른 유가족에게 제이든이 돌아온 게 어떤 의미일지 숙고해야만 했다. 만약 제이든이 아닌 미아가 살아 돌아왔다면 메건은 어떤 기분을 느끼고 있을까. 메건은 마리아의 부탁을 들어주기가 난감했다.

 그때였다. 안방의 커튼 뒤에서 실루엣이 어른거렸고, 메건은 마리아에게 그 일에 대해서는 생각할 시간을 달라고 말한 뒤에 서둘러 돌아섰다. 실루엣은 커튼 뒤의 어둠 속으로 유유히 사라졌다.

*

마사는 서장을 뒤쫓으며 다그치듯 말했다.
"분명 도와주기로 하셨잖아요. 제가 연방 경찰에 먼저 지원을 요청해서 이러시는 건가요?"
서장은 침묵으로 대꾸했다. 그의 발걸음은 서장실 앞에서야 느려졌다.
"망명 신청이 통과돼서 신병 인계가 어렵다고 몇 번이나 얘기해. 그놈은 캐나다인이 아니라 미국인이라고. 그쪽 경찰에 수사 요청하고 우리는 나머지 용의자들에 집중하자고."
"제이든 그레이는 바로 저 산 너머 호숫가에서 그런 짓들을 저질렀습니다. 속지주의의 원칙에 따라서 우리 관할 내에서 해결할 문제라고요."
마사의 목소리가 덩달아 커졌다.

"그러니까 제이든 그레이가 직접 고문을 가한 결정적인 증거를 가져오라고."

"서장님!"

서장은 마사에게 등을 보이며 문을 닫고 들어가버렸다.

마사는 오래된 마쓰다 카펠라 왜건에 앉아 소리를 질렀다. 목소리가 갈라질 즈음에야 핸들을 끌어안으며 숨을 골랐다. 모든 것이, 정말 모든 것이 엉망인 것만 같았다. 어머니의 손을 잡고 무리하게 국경을 넘은 것도, 새아버지를 따라서 또다시 국경을 건너간 것도, 이 나라에서 경찰이 되기로 결심한 것도 모두. 그러나 서늘한 국경의 밤은 흥분한 마사의 분노를 잠재웠다. 문득 마사는 어머니의 말이 떠올랐다.

'눈앞에 보이는 어둠이 전부는 아니란다.'

그 말이 가진 이중적 의미에 흠칫 몸을 떨었던 기억도.

마사는 마음을 다독이며 라디오를 켰다. 사이먼 앤 가펑클의 〈The boxer〉가 흘러나오고 있었다. 마사는 부모님이 취직 선물로 마련해준 이 일제 중고차에 위안을 얻을 때가 많았다. 구식이라는 흉도 여러 번 보았지만 마사는 이 차가 자신의 마지막 차가 되길 진심으로 바랐다. 언제까지 이 일을 할 수 있을지는 누구도 알 수 없었다. 다만 그게 오늘은 아니라는 걸 마사는 명확히 알고 있었다. 내일도 아닐 것이다. 마사는 이제 허밍으로 가사를 흥얼거리다가 후렴구의 'lie-la-lie'에 이르러서는 입술을 열고 따라 부르기까지 했다.

월리엄에게 전화가 온 건 작년 이맘때에 글로브 박스에 넣어둔 말보로를 꺼내야겠다고 결심했을 때였다. 마사는 라디오를 껐다.

"마사 형사님인가요? 개인 번호를 남겼더군요. 저는 월리엄입니다. 소개는 생략해도 되겠죠?"

마사가 월리엄에게 접촉한 건 의도적이었다. 캐나다 국경 관리소에서 근무하는 후배를 통해서 그날 제이든의 행적과 신원을 확인한 담당 형사를 수소문했기 때문이었다. 공식적인 절차를 밟지 않은 독단적인 루트였기에 마사는 내심 윌리엄의 전화를 기대하고 있던 터였다.

"팩스는 받았습니다. 그러니까 형사님이 생각하기에

제이든 그레이가."

 윌리엄은 거기서 말을 멈췄다. 앞으로 자신이 해야 할 말에 어떤 불순물이 섞여 있다는 듯. 마지못한 마사가 끼어들었다.

 "범인들 동선을 따라서 CCTV를 캐봤는데, 공범들과 헤어진 직후 곧장 국경 검문소로 향한 게 드러났어요. 유일한 생존자의 증언을 바탕으로 3D 스캔한 몽타주와 인상착의도 일치하고요."

 둘 간에 흐르던 정적을 깬 건 윌리엄이었다.

 "제이든 그레이가 최근 캐나다에서 벌어진 빈민가 아동 연쇄 납치 살해 사건의 유력한 용의자라는 말씀이죠?"

 그는 마음을 다잡았다는 듯 다시 한번 마사의 의도를 확인했다.

 "그렇습니다."
 "마사 형사님."
 "네, 말씀하세요."
 "형사님께서 제게 말씀하신 그 내용이 사실로 밝혀지

면 파장이 걷잡을 수 없을 정도로 커질 겁니다. 그 반대도 마찬가지입니다."

그때까지도 마사는 윌리엄의 반응이 미국 경찰이 곧잘 쓰는 과장된 경고 정도라고 생각했다.

"제이든 그레이는 13년 전에 일어난 블랙 인페르노 사건의 실종자 중 한 명이었습니다. 지금으로서는 유일한 생존자이고요."

마사는 얼어붙었다. 윌리엄의 경고는 허풍이 아니었다. 전국을 떠들썩하게 했던 그 사건을 마사가 모를 리가 없었다. 담당 부서는 아니었지만 마사도 지원팀에 합류해 수색에 참여한 적이 있었다. 자그마치 13년 전의 일이었다.

"그러니까 제이든 그레이가."

이번에 말을 잇지 못한 쪽은 마사였다.

"친자확인 결과 99.99% 이상 일치했습니다. 물론 결과가 나오기 전에 제이든의 어머니가 아들이 맞다고 단언했고요. 언론도 이 기적적인 생환에 대해서 관심이 많습니다. 그런데 그 아이가 다른 아이들을 납치하고 고문하는 것으로 모자라 살해한 범죄자라는 건가요? 자신이 그 일의 피해자인데도?"

윌리엄은 목소리만으로도 충분히 알아차릴 수 있을 정도로 격양되어 있었다.

"저희가 알아낸 것만 해도 열 명의 아이가 납치되었고, 그중 아홉 명이 살해당했습니다. 현장 감식 결과가 나오면 드러나지 않은 피해자가 더 나올 거라는 소견이 머지않아 공식적으로 발표될 겁니다."

윌리엄의 한숨은 마사의 바로 옆에서 들려오듯 깊고 짙었다.

"한번 만나볼 순 있겠지만, 웬만한 증거가 뒷받침되지 않으면 정식 수사는 어려울 겁니다."

윌리엄이 먼저 전화를 끊었다. 마사는 전화를 든 채로 전면 유리 바깥에 펼쳐진 숲속을, 그 어두운 그림자들의 흔들림을 한참 동안 바라보았다.

6

※

 그날 메건은 직장에 양해를 구하고 조금 일찍 집으로 향했다. 해마다 추모 기간이 다가올 즈음이면 일이 손에 잡히지 않아 어쩔 수가 없었다. 또다시 취재진이 집 앞에서 메건을 기다리고 있었다. 취재진을 향해 제이든이 일상에 적응하고 상처를 회복할 수 있게 도와달라는 말을 한 게 벌써 사흘 전이었다. 메건이 차에서 내리자 취재진이 약속한 듯 동시에 몰려왔다. 그들은 앞다퉈서 마이크를 들이밀고 질문을 던졌다.

"죄송합니다. 제이든은 아직 안정이 필요한 상태라, 궁금해하시는 것들은 우선 서면으로 자세히 말씀드리겠습니다."

메건은 그렇게 말하고는 입을 다물었다. 기자들이 갖은 애를 써가며 심경을 듣고자 했다. 메건이 멈칫한 건 누군가 '낙원의 아이들'의 삭제에 관한 이슈를 들먹였기 때문이었다. 그때까지만 해도 메건은 그 일 때문에 취재진이 몰려든 것이라고는 생각하지도 못했다. 메건은 청아한 목소리의 주인을 쳐다보았다. 앳되어 보이는 얼굴이었다. 어쩌면 제이든과 또래인지도 몰랐다. 그는 이 지역 신문사의 수습기자 명찰을 목에 걸고 있었다. 메건은 그의 눈을 피하지 않고 똑바로 바라보았다. 다만 그런 식으로 질문해서는 안 된다는 걸 알려주고 싶었다. 제이든이 돌아왔다. 그건 모두가 원했던 일이며, 심지어는 이 나라가, 온 국민이 원했던 일이 아니던가. 메건은 그를 다시 한번 쳐다보았다. 그도 메건에게서 눈길을 놓지 않았다.

"낙원의 아이들은 어쩌실 작정인가요?"

되풀이된 질문 앞에서 메건이 그를 향해 충고와도 같은 경고를 하려는 순간 다른 누군가가 메건의 팔을 낚아채듯 붙잡았다.

"나예요."

메건은 그녀를 곧바로 알아볼 수 있었다. 유독 메건에게 살갑게 굴던 코비 스미스의 엄마였다. 그녀는 메건의 곁으로 바짝 다가서서는 속삭였다.

"제이든은 지금 집에 있어요? 잠시 만나게 해줄 수 있어요?"

그녀에게서 어떤 묘한 냄새가 풍겨왔다. 메건은 언젠가 맡아본 적 있는 그 냄새가 무엇인지 가물가물했다.

"글쎄요, 지금은……."

"그럼 물어봐주세요. 도대체 왜 이제야 나타난 거래요? 어떻게 혼자 살아남은 건지 궁금할 수 있잖아요. 그 정도는 해줄 수 있잖아요."

코비의 어머니는 메건에게 더 가까이 다가섰고, 누군가 플래시를 터트리며 그들을 촬영했다.

"지금 제이든은 혼란스러운 상태예요. 시간이 지나

면……."

"우리 애 마지막은 어땠는지……. 그것만이라도 좀 물어봐줄 순 없어요? 이번 애도식에 제이든이 참석해서 우리를 만나도록 해주세요. 우리에게는 그럴 권리가 있다고요."

"죄송해요."

메건이 그녀의 팔을 떼어 내자 카메라 셔터 소리가 동시다발적으로 쏟아졌다.

"죄송합니다."

메건은 서둘러 문을 닫았다. 가슴 속에 무언가가 꽉 막혀버려 숨조차 쉬기 힘들었다. 메건은 문득 코비의 어머니에게서 맡았던 묘한 냄새를 기억해 냈다. 그건 톰이 간혹 장작을 태울 때 나던 냄새였다. 메건은 톰이 옆집 개 루이에게 자갈을 던지는 장면을 상상해보았다. 제이든의 말은 사실일까? 아무리 그래도 톰이 그 정도로 비겁한 인간이라고는 생각해본 적이 없었다. 그러나 왜 하필 지금 톰을 생각하고 있는 건지에 대해서는 마땅한 이유를 찾아낼 수 없었다. 메건은 상담의 로렌과 나눴던 대화를 상기했다.

'기억이 가자는 대로 이끌려가는 건 5분이면 충분해요. 그 뒤에는 제동을 걸어야 합니다. 그러지 않으면 더 깊은 곳으로 빨려 들어가버릴지도 모르니까요.'

누군가 자꾸만 노크를 이어갔고, 그 소리가 메건의 목을 죄어오듯 했다. 코비의 어머니이거나 아까 그 수습기자인지도 모른다는 생각이 들었다. 메건은 화가 치솟았다.

참을 수 없어 문을 벌컥 열자 윌리엄 형사가 서 있었다.

"잠깐이면 됩니다."

메건은 철수하고 있는 취재진을 바라보며 윌리엄을 집 안으로 들였다. 메건이 음료를 권했지만 윌리엄은 다소 심각한 얼굴로 괜찮다고 말했다. 그는 곁눈질로 집 안 구조부터 살피고 있었다. 습관인 듯 보이는 그의 행동이 메건을 불안하게 만들었다. 그러나 동시에 메건은 뭔가 좋지 않은 예감이 드는 자신이 한심스러웠다. 그래서 되레 주절대고 말았다.

"제이든은 나름대로 노력하고 있어요. 그간의 일들을

떠올리는 게 힘들겠지만 다른 유족들을 위해서니 그럴 의지를 충분히 가지고 있고요. 운동도 조금씩 하고 있고, 머리카락도 단정하게 잘랐고, 병원에서 종합 검진도 받을 계획이에요. 이렇게 신경 써주셔서 정말······."

"제이든은 안에 있나요?"

윌리엄의 지나치게 차분한 목소리가 오히려 메건의 신경을 건드렸다.

"왜 그러시죠?"

"제이든이 돌아온 뒤로, 뭔가 이상한 점은 없었습니까?"

윌리엄이 채근하듯 말하자 메건은 이 경찰이 그 젊은 수습기자와 다를 바 없다고 여겨졌다. 더 이상 대화를 이어갈 수가 없었다.

"이만 가주세요. 앞으로는 약속 없이 불쑥 나타나지 마시고요. 어림짐작으로 뭔가 넘겨짚을 생각도 하지 마세요. 지옥에서 살아 돌아온 아이에게는 더더욱."

메건은 단호했다. 윌리엄은 무언가를 주저하듯 어정쩡한 채로 서 있었다. 그러나 이내 단념하며 돌아섰다.

"실례했습니다. 그럼."

윌리엄이 문을 나서자 메건은 다리에 힘이 풀려 그 자리에 주저앉았다.

※

그날 밤 메건의 차는 절벽 인근에 다가섰다. 차에서 내린 메건은 헤드라이트 불빛을 등진 채로 절벽 끝으로 다가섰다. 사람들이 왜 이곳을 검은 지옥이라 부르는지는 저 아래를 보면 알 수 있었다. 제이든이 돌아왔음에도 메건은 끝끝내 이곳을 찾고 말았다. 대체 무엇이 자신을 벼랑 끝으로 내몰고 있는 건지 메건은 쉽사리 답할 수가 없었다. 대체 무엇이……

'너의 속은 너무 검고 환해. 그래서 두려워. 네가 나를 삼켜버릴까 봐.'

톰의 일기장은 메건이 직접 태웠다. 그걸 본 사람은 메건 외에는 아무도 없었다. 톰이 말한 '너'는 누구일까? 메건은 한동안 그 생각에서 벗어날 수 없어 괴로웠다. 메건은 아닐 것이었다. 톰은 한 번도 메건을 너라는 대명사로

부른 적이 없었다. 메건은 마음에 깊이 잠겨 있던 말을 내뱉었다.

"제이든이 돌아왔어."

그걸로 된 것이다. 메건은 블랙 인페르노의 저 끝을 바라보며 말했다. 마치 톰이 거기에 있다는 듯.

*

집으로 돌아온 건 자정이 다 된 무렵이었다. 메건은 오자마자 무선 미러링 장치를 거실 서랍장에 집어넣었다. 서랍이 부드럽게 닫히는 순간 어쩐 일인지 에단과 조심스럽게 키스하던 연말의 파티가 떠올랐다. 에단은 좋은 사람이었다. 좋은 사람의 기준이 무엇인지를 가늠하기란 어려운 일이지만 메건에게는 그랬다. 만약 제이든이 돌아오지 않았다면 메건은 그와 새로운 관계를 이어갔을지도 몰랐다.

"어디, 다녀오세요?"

메건은 화들짝 놀랐다. 거실 소파에 제이든이 앉아 있

었다. 제이든은 메건이 냉동고에 넣어둔 허쉬 아이스크림 통을 끌어안은 채로 메건을 쳐다보고 있었다. 앉아 있는 자세가 꼭 아이 같았다.

"언제부터 거기 있었니?"

그건 꽤 이상한 질문이라는 걸 메건도 모르지 않았다. 제이든은 입을 다물었다.

"사무실에 다녀왔어. 요즘 갖은 일들로 업무가 많이 밀려 있거든. 그래서 잠시."

"저 때문인 건가요?"

제이든이 메건의 말을 잘라냈다. 메건은 아니라고, 너 때문이 아니라고 말하고 싶었다. 하지만 그 말과 함께 다시 아이스크림을 잔뜩 퍼서 입에 넣는 제이든을 보자 무력해져버렸다. 메건은 주방을 향해 돌아섰다. 식탁 위에는 애써 만들어둔 저녁이 그대로 놓여 있었다.

*

제이든의 어릴 적 사진이 붙은 머그잔은 사무실 책상

의 두 번째 서랍 안으로 들어갔다. 메건은 당분간 그 잔을 사용하지 않을 작정이었다. 대신 메건은 앤과 함께 시애틀의 스타벅스에 방문했을 당시 기념으로 사 온 머그잔을 올려놓았다. 앤도 늘 그걸 사용해왔다.

"커피 새로 내려줄까?"

앤은 커피 중독자였다. 적어도 메건이 보기에는 그랬다. 그러나 기실 모든 사람이 어딘가에는 반드시 중독되어 있지 않은가. 그걸 자각할 수 있는지 없는지의 문제일 뿐.

"아니, 괜찮아."

메건이 중독된 건 제이든이었고, 그녀도 그걸 너무 잘 알고 있었다.

"어때?"

앤이 물었다.

"뭐가?"

"제이든 돌아온 거 말이야."

"뭐, 좋지."

메건의 반응이 시원찮았다는 듯 앤이 특유의 앙칼진 투로 이목을 끌었다.

"이럴 게 아니라 우리 사무실 전체가 축하 파티라도 해야 하는 거 아냐? 에단, 어떻게 생각해요?"

여기저기서 웃음이 오고 갔다. 웃음, 중독되기 쉬운 그 가벼운 행위가 타인에게는 얼마나 지옥일지 그들은 알까. 메건은 입술을 잘근 씹었다.

관리소장 스콧은 이제 막 시동이 걸린 메건의 차 옆으로 다가섰다. 며칠 동안 메건이 시선을 피하고 있다는 걸 그도 느끼고 있었을 것이다. 그는 예전처럼 차창에 노크하지 않았다. 메건은 창문을 열고 인사를 건넸다. 그는 메건이 스마트폰을 거치하던 대시보드를 쳐다보았다. 제이든이 돌아온 후로 메건은 낙원의 제이든에게 영상통화를 걸지 않았다. 고글이 방전되도록 방치한 것도 처음 있는 일이었다. 스콧도 그걸 아는 눈치였다. 언젠가부터 출근길에 가볍게 나누었던 다정한 농담은 사라졌다. 그러나 메건은 스콧의 심정까지 챙길 정도로 여유로운 마음이 아니었다. 복잡하고 혼란스러웠다. 그러니 이제 액셀러레이터를 밟고, 집으로 돌아가고 싶은 생각뿐이었다.

"제이든은 잘 있나요?"

메건은 스콧이 말한 제이든이 누구를 말하는지 잠시 고민했다. 그래서 어색한 미소를 머금을 수밖에 없었다. 메건은 창문을 닫고 속도를 올렸다. 룸미러 속의 스콧이 아주 자그마해지자 메건은 그가 말한 제이든은 낙원에 있는 그 애라는 걸, 그리고 자신도 그걸 의심의 여지없이 알고 있었다는 걸 인정했다. 모두 자신을 아끼는 사람들이었다. 메건은 그들을 기만해서는 안 된다고 되뇌었다.

마리아가 집 앞에서 메건을 기다리고 있었다. 메건은 호세의 학교 문제로 귀찮아질 것을 예감했다. 스콧과의 짧은 인사가 없었다면 메건은 마리아를 외면한 채 차고에 연결된 통로를 이용해 거실로 곧장 들어갔을지도 몰랐다.

"마리아, 제가 샬롯을 만나보긴 할 테지만 그 일에 대해서는 장담할 수가 없어요. 그런 중차대한 일은 샬롯이 독단적으로 결정한 것도 아닐뿐더러 지역 정치색까지 고려해야 하는 문제라서요. 마리아도 투표권이 생기면 아마 이해할 거예요."

"호세 못 보셨어요?"

마리아의 얼굴은 하얗게 질려 있었다. 메건은 뭔가가 잘못되었다는 걸 느꼈다.

"무슨 말이에요? 침착하게 얘기해봐요."

"애가 없어졌어요. 3시부터. 아니 4시였나. 아무리 찾아도 보이지 않아서 집집마다 다 찾아가봤어요. 메건 씨 네만 불이 꺼져 있어서 혹시나 하는 마음에 기다리고 있었어요. 전에 호세를 태워주시기도 했고."

마리아는 거의 울먹이다시피 했지만 최대한 이성적으로 사고하려는 기색이 역력해 보였다. 인정하는 순간 그건 진짜 불행이 되어버리니까. 13년 전 자신을 안아준 누군가처럼, 메건은 그녀를 껴안으며 어깨를 다독였다. 마리아는 결국 울음을 터트렸다.

"경찰에 연락했어요?"

마리아가 고개를 끄덕였다.

"레이먼과 미셸이 직접 경찰에 연락을 해줬어요. 아무래도 본인들이 신고하는 게 더 나을 거라면서."

메건은 방금전 마리아에게 정치니 투표니 했던 말들을

되새겼고, 그런 말을 한 자신이 혐오스러워졌다.

"별일 아닐 거예요. 마리아, 너무 걱정하지 말아요."

"메건 씨는 제 마음을 다 이해하잖아요. 그렇잖아요."

마리아가 메건의 손을 붙잡았다. 메건은 차마 그 손까지는 뿌리칠 수가 없었다.

마리아를 돌려보낸 뒤에 메건은 집 안의 조명을 하나하나 밝혔다. 그러다 문득 거실 서랍장을 열어보았다. 불길한 예감은 틀리는 법이 없었다. 메건이 거기 두었던 무선 미러링 장치가 사라져버렸다. 소파에서 아이스크림을 먹던 그 눈빛이 다시금 메건을 쏘아보는 듯했지만 제이든은 집 안 어디에도 없었다. 그 애가 가져간 게 분명했다.

7

*

 달아난 용의자의 행방을 제보한 건 그 섬의 관리자인 노움이라는 남자였다. 그는 국가로부터 원주민 보조 지원금을 받고 있으며 원주민 권익 센터에서 고용한 국립공원의 교육 강사이기도 했다. 그는 아이들 앞에서 섬들의 지형이나 숲의 역사에 대해 말하는 자신의 직업을 사랑했고, 평생 그 일을 하고 싶다고 주변에도 곧잘 말하고는 했다. 그가 직접 경찰에 전화를 걸어와 블루 터틀 아일랜드의 해안 숲에 자리한 헛간에 대해서 설명했을 때,

담당 직원은 그 섬을 온라인 지도상에서 찾아내지도 못했다. 그 이름은 몇몇 기사나 소셜미디어에 태그되기도 했지만 공식적인 건 아니었다. 노움이 직접 붙인 별칭이기 때문이었다. 유람선이나 페리가 서지 않는 그 섬에 용의자가 숨어든 까닭은 우연이 아니라는 게 그의 견해였다.

"한때는 밀수꾼들이 드나들던 곳이었어요. 그래서 정부에서 저를 고용했죠. 저도 매일 블루 터틀에 가보는 건 아니고, 이상 징후가 있다거나 그러지 않는 이상 한 달에 한두 번만 방문해서 슥 훑어보는 정도예요. 요즘에는 국립공원 곳곳에 CCTV가 설치되어 있기도 하니까요."

그러고는 덧붙였다.

"그래도 거긴 아직 야생이에요."

경찰이 그가 알려준 헛간을 습격한 건 그날 해가 질 무렵이었다. 노움이 지도 위에 표시한 간이 선착장에 순찰선을 정박한 대원들은 두 팀으로 나누어 신속히 해안 숲속 깊숙이 위치한 헛간을 에워쌌다. 마사가 신호를 보내자, 대원들은 각자의 자리에서 능숙하게 총기를 점검했다. 기어코 복귀하겠다던 샘도 합류해 있었다.

헛간의 문이 열렸다. 플래시의 노란 빛줄기 속으로 먼지가 나풀거렸다. 한쪽 벽에 쌓여 있는 구호 장비 사이에 몸을 구겨 넣다시피 한 용의자가 빛줄기를 막으려 두 손으로 얼굴을 가렸다. 그는 달아나던 때와는 완전히 다른 초췌한 몰골로 순순히 체포되었다. 마사는 헛간을 수색해보았지만 특별하다고 할 만한 건 발견되지 않았다. 용의자 검거는 빠르게 마무리되었다.

선착장에서는 노움이 관리선을 타고 대원들을 기다리고 있었다. 마사는 경찰을 대표해서 그에게 인사를 전했다. 이 일이 알려지면 누군가 그를 지역에서 주관하는 올해의 영웅상 후보로 추천할 수도 있을 것이었다.

"순조롭군요."

그는 외마디 말을 뒤로 한 채 먼저 떠났다.

"왠지 소름 끼쳐요."

샘이 작아지는 노움의 배를 보며 덧붙였다.

"혼자서 이런 섬을 관리한다니."

마사는 배 위로 올라설 때 디딤발로 뭔가를 밟았다는 느낌을 받았다. 그녀는 뱃머리에서 머리를 내밀어 그게 무엇인지 살폈다. 마사의 발에 밟혀 몸체가 돌 틈으로 파고 들어간 그건 스프링이 매달린 해골 캐릭터 인형이었다. 마사는 해골 인형의 검은 두 눈을 쳐다보았다. 뱃머리가 섬 바깥으로 서서히 돌아서고 있었다. 그녀는 그 인형이 무엇을 의미하는지, 왜 그곳에 있는지 알 수 없었다. 섬이 멀어져갔다.

※

마사와 서장은 사건의 피해자이자 현재로선 유일한 증인인 스티븐 홀과의 면회를 위해 담당의를 만난 참이었다.

"환자가 극심한 PTSD를 겪고 있습니다. 되도록 그 기억을 소환하지 마십시오. 만약 자극을 줄 만한 질문이 있다면 제가 언제라도 면회를 중단할 것입니다."

담당의는 정중한 듯하면서도 강경하게 당부했다. 마사 역시 담당의의 우려를 이해하지 못하는 건 아니지만 이번 면회는 미국 측에 협조를 구하는 중요한 자료가 될 터였다. 마사가 녹취를 제안했지만 담당의는 거부했다.

"우리의 정신은 보이지 않는 게 아니라, 보이는 모든 것입니다."

담당의가 말했다.

서장은 마사의 옷소매를 붙잡았다. 면회 시간은 10분이었다.

스티븐은 침대 각도를 사선으로 세운 채 창밖을 바라보고 있었다. 담당의의 말대로였다. 마사가 처음 마주했던 사람과는 전혀 다른 사람 같았다. 소년의 시선을 따라가보면 창밖으로 울창한 숲이 펼쳐져 있었다.

"잘 지냈니?"

스티븐은 고개를 돌려 마사를 물끄러미 바라보았다. 그러더니 그녀를 알아보겠다는 듯 눈을 찡긋했고, 마사도 화답하듯 미소 지었다. 하지만 서장을 발견하고는 이내 얼굴이 굳어버렸다. 마치 누군가가 웃지 말라고 다그치기라도 한 듯 부자연스러운 표정이었다.

"지난번에 네가 말한 네 번째 남자에 대해서 묻고 싶은 게 있단다."

서장이 물었다. 그는 면회 시간이 길지 않을 거라는 걸 예상하고 본론으로 곧바로 들어갔다.

"이 남자를 본 적이 있니?"

마사가 스마트폰 화면에 경찰이 공식적으로 사용하게 될 몽타주를 띄웠다. 담당의가 움찔하는 걸 마사도 느꼈다. 그러나 담당의는 제지하지 않았다. 어쩌면 그녀도 스티븐의 상태가 호전되었는지 궁금했던 것이리라.

"우리 경찰이 보기엔 이 남자가 네가 말한 그 사람인 것 같은데, 맞니?"

스티븐이 그의 얼굴을 이렇게 오래 바라보는 것은 처음이었을 것이다. 늘 눈을 피하고 시선을 내리깔았을 테니. 입을 다물고 몽타주를 골똘히 바라보는 스티븐의 행동에 서장도 조급해졌다.

"이 남자가 너에게 무슨 짓을 시킨 거지? 애들의 옷을 벗기고 차곡차곡 개어놓으라고 말이야."

그러자 스티븐이 옆눈으로 서장을 보며 나지막이 말했다.

"내 초콜릿은?"

서장은 마사를 힐끔 보더니 다시 물었다.

"이 사람이 그 사람인지 못 알아보겠니? 자세히 살펴보렴. 아니면 이 남자가 범행을 주도한 게 아닌 것 같아? 이 남자 모르겠어? 잘 볼래?"

그때였다. 스티븐이 고개를 획 돌리며 서장을 똑바로 쳐다보았다.

"내 초콜릿 어딨어?"

마사는 스티븐의 두 눈이 순식간에 충혈되어 가는 것을 똑똑히 볼 수 있었다.

"얘야, 네 진술이 얼마나 중요한 상황인지는 너도 알고 있잖아."

마사의 말투도 조금 격해졌다.

"씨발 새끼야. 초콜릿 가져오라고."

스티븐은 침대에서 솟구치다시피 튀어나와 두 손을 뻗어 마사의 목을 조르기 시작했다.

"간호사."

담당의의 외침에 간호사 두 명이 나타나 스티븐을 제압했다.

"당신들은 대체……."

담당의가 증오의 눈빛으로 그들을 쏘아보았다. 면회는 거기까지였다.

마사의 왜건이 병원 주차장을 빠져나갔다.
"잡혀 온 놈들, 밤새 한마디도 안 했다면서?"
서장은 마사의 차에 타자마자 전자담배를 물었다.
"조금만 더 시간을 주시면……."
마사의 목에 붉은 손자국이 남아 있었다.
"본청에선 죄다 사형 시켜버리든지 무기징역으로 가둬버리든지, 빨리 마무리하자는 분위기야."
그는 긴 연기를 뿜었다. 마사는 손을 휘저으며 콜록거렸다.
"무슨 소리세요? 제대로 수사할 빌미가 생긴 거잖아요. 도주한 용의자도 이제 막 검거했는데."
"용의자들을 이제 다 검거한 거지."
마사는 말문이 막혔다.
"서장님."
"제이든 그레이가 공범이라는 증거도 없는 상황이잖아."

서장은 막무가내였다.

"지옥에서 탈출한 그 아이가 어떻게 생면부지인 제이든의 얼굴을 알아냈겠어요. 게다가 그 자식이 리더라잖아요."

"초기 증언만 가지고 밀어붙였다가 어떤 역풍이 불어올지도 생각해봐. 제이든 그레이는 현재 미국에서 가장 유명한 피해자라고."

서장은 창문을 열었다. 거센 바람이 마사의 머리카락을 헤쳐놓았다. 대화는 거기까지였다.

✽

윌리엄의 책상에는 몇 가지 파일이 어지럽게 뒤섞여 있었다. 마트에서 손에 잡히는 족족 카트 안으로 집어넣은 식료품처럼. 그중 두 건은 그의 담당이 아니었다. 그가 공식적으로 관여할 수 있는 건 13년 만에 살아 돌아온 제이든 그레이의 생환에 관한 사건이었다. 그러나 캐나다에서 온 자료와 최근 자이언트 밸리에서 일어난 아동 실종 사건을 연관 지을 수 있는 단서가 바로 제이든 그레이였다. 윌리엄은 세 사건이 하나로 이어진다는 걸 믿기 시작했고, 어쩌면 자신이 복잡하게 엉킨 실타래를 풀어낼 수 있을 것만 같았다.

"윌리엄."

콜이 사복 차림으로 나타나 윌리엄의 어깨를 두드렸다.

"나 없이 무리하지 말라고."

콜은 오랜 기간 윌리엄의 파트너였지만 몇 달 전의 교통사고로 한동안 병원 신세를 지고 있었다. 윌리엄은 새 파트너를 신청하지 않았고, 그의 몫까지 충분히 해내고 있었다. 며칠 전부터 콜은 사무실을 들락거리며 조기 복귀의 명분을 찾는 중이었다. 가족들을 설득해야만 했기 때문이었다.

"제때 치료 안 받으면 노년에 고생해"

그렇게 말하면서도 윌리엄은 바퀴 달린 의자를 끌고 와 콜을 앉혔다.

"단순 실종이 아니라 납치 가능성이 있어 보여서."

서류를 넘겨보던 콜은 윌리엄의 말투에서 심상찮은 기

운을 느꼈다.

"납치? 부잣집도 아니고, 뭘 벗겨 먹을 게 있다고."

말은 그렇게 하면서도 흥미를 보이는 모습이었다. 그가 파일을 조금 더 들추자 제이든의 몽타주가 등장했다. 콜은 난감한 얼굴로 윌리엄을 쳐다보았다.

"농담이지?"

윌리엄은 평소 농담에 인색한 부류는 아니었다. 그들은 부부 동반으로 캘리포니아에 휴가를 다녀올 정도로 죽이 잘 맞는 친구이기도 했다.

"농담은 이런 거지. 아이가 실종된 지 삼 일째가 되어 가는데, 불법 장기 체류자의 아들이라는 이유만으로 주 경찰에서는 눈 가리고 아웅이야. 그 애가 백인 중산층의 자녀라고 생각해봐. 나도 지원 투입되어서 벌써 이 일대를 샅샅이 뒤지고 있겠지."

콜은 아무런 대꾸도 할 수 없었다. 윌리엄과는 인종 문제 같은 민감한 사안에 대해서라면 장난삼아서라도 대화를 해본 일이 없었다. 그만큼 조심하고 있다는 게 오히려 상대를 위축시키는 일이기도 했다.

"게다가 캐나다에서도 유력한 용의자가 바로 그 제이든 그레이라는 걸 불편해하는 것 같단 말이지. 지금 너처럼."

윌리엄의 격양된 반응에 콜은 두 손을 들고 바퀴 의자를 뒤로 쑥 뺐다.

"윌리엄. 나 아직 병가인 거 알지? 시에나는 글쎄 제이든 그레이가 돌아온 걸 뉴스로 듣고는 몇 년 만에 교회에 나가더라니까."

콜이 의자를 휙 돌리며 일어섰다.

"뭐, 잘 해봐. 내가 없으니 자네가 에이스잖나."

콜의 농담에도 윌리엄은 맞장구를 치지 않았다. 윌리엄은 책상 위에 펼쳐져 있는 제이든 그레이의 몽타주 사진을 쳐다보았다. 제이든 그레이가 이 사건을 해결할 단 하나의 실마리였다.

✼

윌리엄에게 전화가 걸려 온 건 마사가 서장으로부터

사건을 조속히 마무리하라는 명령을 받은 이후였다.

"마사, 접니다. 윌리엄. 밤늦게 죄송합니다."

그의 목소리는 저 밑바닥에서 들려오듯 한층 잠겨 있었다.

"아니에요, 수사에 밤낮이 어디 있겠어요. 말씀하세요."

"얼마 전 그쪽에서 벌어진 연쇄 납치 살해 사건 말입니다. 제이든이 유력한 용의자라는 게 확실한 겁니까?"

마사는 섣불리 답할 수가 없었다. 피해자가 수사 도중에 증언을 번복하는 건 일선 형사로서는 허탈하기 그지없는 최악의 상황이었다. 그렇다고 해서 그 애의 심정을 이해하지 못하는 것도 아니었다. 지우고 싶은 것이다. 과거의 무언가를.

"이제는 저도 잘 모르겠어요."

"그게 무슨 말이죠?"

"자세히 말씀드릴 순 없지만, 특별수사본부의 입장은 제이든 그레이를 용의선상에서 제외하기로 했다는 겁니다."

윌리엄은 마사의 목소리에서 작은 분노를 엿보았다.

"전 지금 형사님 개인의 생각을 묻는 겁니다."

"저희 같은 조직 사회에서는 개인의 생각이나 직감 같은 건 중요하지 않지요."

윌리엄은 마사의 말에 쉽사리 반박할 수가 없었다.

"사흘 전에 호세라는 아이 하나가 실종된 일이 있어요."

마사는 그 이름에서 오는 친숙함에 옅은 신음을 내뱉었다.

"제이든 그레이의 바로 옆집에 사는 불법 이민자 아동입니다. 전 아무리 봐도, 이게 우연의 일치가 아닌 것 같단 말입니다."

그제야 마사는 주변의 눈치를 살피며 빈 회의실로 들어갔다.

"그 사건 생존자의 초기 증언으로는 분명 범인이 넷이었는데, 위에선 검거 당시 현장에 있던 세 사람으로 사건을 마무리하려 하고 있어요. 피해자의 증언은 불분명하고, 제이든 그레이가 범행에 가담했다거나 공범이라는 증거가 나오지 않아서라고 하는데……. 사실 진짜 이유는 우리 둘 다 알잖아요. 그래서 내 생각이 궁금하다고요? 젠장. 제이든이에요. 그 녀석한테 그동안 무슨 일이 있었던 건진 몰라도, 분명 그 자식이라고요."

흥분이 가라앉지 않았다. 그건 윌리엄 쪽도 마찬가지였다.

"제가 어떻게든 해볼게요. 필요한 일이 있으면 언제든 연락주세요."

윌리엄이 말했다.

"마사."

그가 전화를 끊으려는 마사를 점잖게 불렀다.

"도넛이라도 한입 물어봐요. 아니, 제 말은 여유를 가지라고요."

그들은 아주 잠깐 함께 웃었다. 얼마만의 웃음인지 마사는 기억나지 않았다.

마사는 결국 서장실로 찾아가서 자이언트 밸리의 실종 사건에 대해 피력했다.

"공식 채널로 보고 받은 사안인가?"

서장이 허를 찔렀다.

"내일이 언론 브리핑인데, 증거가 확실한 수사 자료는 싹 엎어버리고 새로 시작하자는 건가? 그 흑인 형사랑 주고받은 몇 통의 전화만으로?"

서장은 마사의 연락책에 대해서 어느 정도는 알고 있다는 듯 굴었다.

"이대로 사건을 종결지었다가, 자이언트 밸리의 실종 사건과 제이든 그레이가 관련되었다는 게 밝혀지면 결국 우리에게 책임이 돌아올 겁니다."

마사도 물러서지 않았다.

"그러면 미국 쪽도 제이든을 해당 사건의 유력 용의자로 보고 수사 중인가?"

"그건 아니지만……."

"마사. 자네도 이제 숲을 볼 때가 되지 않았나? 언제까지 현장에서 총질하고 다닐 건가. 우선은 이번 사건에서 손 떼게. 샘에게 사건 하나 넘겼으니, 며칠 쉬고 와서 백업해주면 될 거네."

"서장님."

서장은 마사에게 말할 틈을 주지 않았다.

"수사는 감정이 아닌 이성으로 하는 거야. 없어졌다는 그 애 출신이……. 그래, 마사. 자네가 감정적으로 구는 건 알겠는데, 자넨 캐나다 경찰을 대표해서 수사를 진행하는 거야. 더 이상 우리 경찰 입장을 곤란하게 만들어선 안 된단 말이네."

그 말이 마사를 저 끝으로, 한발만 더 물러서면 떨어져 버릴 벼랑 끝으로 밀어붙였다.

8

✼

 관리소장 스콧이 사무실에 들어오는 경우는 드물었다. 스콧은 메건을 찾느라 두리번거렸고, 발견한 뒤에는 모자를 벗으며 다가가서 속삭이다시피 말했다.
 "경찰이 왔어요. 제이든과 관련한 일이라면서."
 그는 직원들의 눈을 의식한 듯 보였다.
 "돌려보낼까요?"
 "아니에요. 만나볼게요."
 메건은 그를 뒤따라서 주차장으로 걸어갔다. 윌리엄이

보닛에 기댄 채로 기다리고 있었다. 스콧은 도움이 필요하면 신호를 주라고 말하며 자신의 자리로 돌아갔다. 메건은 그에게 애써 웃어 보였다.

"이렇게 직장까지 찾아오는 건 곤란합니다. 경찰들은 늘 이런 식인 건가요?"

그러나 윌리엄도 이번만큼은 지지 않았다.

"13년 전 유가족 대표가 샬롯이었지요. 그런 유명 소설가의 딸도 아니고, 불법 이주민의 아이 하나 실종된 것으로는 대대적인 수사가 이뤄지기는 힘든 상황이에요. 골든타임을 놓치면 모든 게 끝이라는 걸 더 잘 아시잖아요. 지금 사건 해결의 열쇠를 쥐고 있는 건 아드님인 제이든밖에 없습니다."

"무슨 말이세요. 우리 제이든이 호세의 실종에 관련 있다는 것처럼 말하시네요?"

윌리엄의 간절함에도 메건은 불쾌함을 감출 수 없었다.

"이런 의심에서 벗어나려면 수사에 적극적으로 임하는 수밖에 없습니다. 캐나다의 한 창고에서 벌써 아홉 명이나 되는 아이들의 옷가지가 발견됐어요. 제이든이 범행에 가담했다는 건 확신하기 힘들지만 현재 정황으로서는 유력한 정보를 쥐고 있을 가능성이 큽니다."

윌리엄이 사정했지만 메건은 이제 완전히 그를 등지고 돌아서버렸다. 방어적으로 경계하는 메건의 마음을 되돌릴 수는 없었다. 그걸 본 스콧이 그들을 향해 걸어왔다.

"형사님. 같은 사법 기관 내에서 이러시면 곤란합니다. 오늘은 이만 가주시죠."

메건은 스콧에게로 한 발 다가섰다.

윌리엄이 다녀간 뒤로도 메건은 한참을 업무에 집중하지 못했다. 옆자리의 앤이 그 모습을 걱정스럽게 지켜보았다.

"괜찮아?"

"아니."

"경찰은 뭐래?"

"별 건 아니고, 그냥 제이든이 잘 적응해서 지내는지 확인차 왔대."

앤은 머뭇거리다가 말했다.

"에단이 다녀갔어. 자기한테 무슨 일 있냐고."

메건은 에단을 쳐다보았다. 에단은 컴퓨터 화면을 뚫어져라 보고 있었다. 에단은 성실하고 다정한 남자, 그리고 톰은 무심하고 차가운 남자, 또 뭐가 달랐지, 피부색이, 억양이, 머릿결이, 미소가……

"메건?"

앤이 의식의 연쇄 작용을 막아 세웠다. 메건은 귀찮았다. 귀찮고 답답했다. 귀찮고 답답하고 짜증이 일었다.

"……뭐."

"응?"

"나 좀 가만둬."

메건은 애써 서류를 살피려 했지만 글자가 눈에 들어오지 않았다. 윌리엄이 차에 타기 전에 한 그 말 때문이었다.

'벌써 사흘이 지났어요, 메건. 호세의 실종과 관련해 단서가 될 만한 게 있다면 뭐든 연락주세요.'

메건은 그날을 또렷하게 기억하고 있었다.

호세의 행방을 물으려 마리아가 찾아왔던 사흘 전 그

날, 침대에 누운 메건은 잠들지 못해 몸을 뒤척이고 있었다. 제이든이 돌아온 소리를 들은 건 새벽 3시경이었다. 그녀는 결국 몸을 일으켜 거실로 나갔다.

"이 시간에 어딜 다녀온 거야?"

하지만 제이든은 대답 없이 방으로 들어가서 문을 잠가버렸다.

낙담하며 돌아서려던 메건은 거실 서랍장이 완전히 닫히지 않은 채로 미세하게 열린 걸 보았다. 서랍장을 열자 사라졌던 무선 미러링 장치가 뒤집힌 채로 들어가 있는 게 보였다. 메건은 장치를 손에 쥐어보았다. 전자기기 특유의 뭉근한 온기가 남아 있었다.

✻

메건과 제이든은 함께 저녁 식사를 하기로 예정되어 있었다. 그들 모자는 각자의 영역을 존중하는 방식으로 서로에게 적응해갔다. 하지만 일주일에 이틀은 마주 앉아서 함께 저녁을 먹자는 게 메건의 요구 중 하나였고,

제이든도 이를 수락했다.

제이든이 헛기침으로 팬에 연기가 나는 걸 알렸다.

"아, 내 정신."

메건은 고기가 타도록 다른 생각에 빠져 있었다. 그러나 그 생각이 무엇이었는지는 금세 잊고 말았다.

"똑똑."

제이든이 먼저 말을 건 적은 잘 없었다. 메건은 능청스러운 표정을 짓는 제이든을 보았다.

"누구세요?"

메건이 맞장구쳤다.

"톰이에요."

"톰이 누구죠?"

"고기를 잘 태워버리는 사내였죠."

메건은 제이든의 클래식한 농담이 마음에 들었다. 정말이지 톰은 고기를 잘 굽지 못했고, 메건이 매번 탄 부위를 떼어 내거나 버려야 했을 정도였다.

"네 아빠랑 다 같이 송어 농장에 갔던 거 기억나?"

메건은 감상에 젖어 말했다.

"이 칼은 독일제인가? 썰리는 느낌이 다른데요?"

제이든은 스테이크를 썰어서 한입 크게 베어 물었다. 메건은 어쩐지 제이든이 톰의 얘기를 더 깊이 하고 싶어 하지 않는 것 같다고 느꼈다. 다른 얘기도 마찬가지이긴 했지만. 메건은 예민하게 받아들이지 않으려 애썼다.

"아이스크림 사뒀어."

메건이 말했다.

"초콜릿은요?"

"물론이지."

제이든이 아이처럼 구는 걸 보는 것만으로도 메건은 깊이 감사했다. 윌리엄이 틀렸다. 메건은 그를 무시할 것이며, 그가 하는 말을 모조리 지워낼 것이라고 다짐했다.

다른 날보다 조금 이르게 침대에 누운 메건은 송어 농장으로 향하던 그즈음을 떠올렸다. 온전한 가족이던 그때를 생각하자 갑자기 아득해졌다. 톰은 상기된 얼굴로 운전을 했고, 뒷좌석에는 메건과 제이든이 타고 있었다. 장거리 여정에 지친 제이든이 노래를 불러달라고 했다.

톰은 제이든이 어릴 때부터 곧잘 불러주고는 했던 'Marry Had a Little Lamb'을 반복해서 불렀다. 그러다 제이든이 잠들자 톰은 메건에게 그 노래의 주인공인 메리가 데리고 다닌 건 실은 어린 양(Lamb)이 아니라 숫양(Ram)이었다는 엉뚱한 소리를 늘어놓았다. '여호와께 드리는 최상의 헌물 말이야.' 톰의 목소리가 들려오는 듯했다. 메건은 이불을 끌어 올렸다. 톰의 생각을 애써 지워내자 이번에는 에단의 얼굴이 떠올랐다. 침대에서 에단을 떠올린 건 그날이 처음이었다. 메건은 어쩌면 자신의 인생도 보상받을 수 있다는, 그럴 자격이 있다는 생각이 들었다. 그리고 그건 틀린 생각만은 아닐 것이다. 메건은 오랜만에 깊이 잠들었다.

막 눈을 뜬 메건은 다시금 불길한 징후에 휩싸였다. 달그락 소리가 난 게 분명했다. 아마도 제이든일 것이었다. 아직 한밤중이었다. 현관문이 열렸고, 저벅대는 발소리가 들렸다. 메건은 몸을 일으켜 커튼 틈으로 정체를 확인했다. 제이든이 후드를 뒤집어쓰고 차고로 향하고 있었다. 잠시 후 창밖에서 시동 거는 소리가 들려왔다. 메건은 서둘러 옷을 갈아입었다. 제이든의 차는 저만치 멀어졌지만 어디로 간 건지 알 것만 같았다.

두 대의 차가 시간차를 두고 국립공원 팻말을 지나쳐 깊은 숲속으로 향했다. 메건은 헤드라이트를 끄고 달빛에 의지한 채로 제이든의 뒤를 따라붙고 있었다. 어느 지점을 지나자 비릿한 물 내가 먼저 메건에게 말을 건네는 것 같았다. 강과 바다가 뒤엉키며 물 회오리를 만드는 그곳에 온 것이다.

제이든의 차는 블랙 인페르노 절벽 인근의 리조트 부지 현장에 세워져 있었다. 그날 달이 밝지 않았다면 메건은 제이든의 차를 놓쳤을 것이었다. 언젠가 메건도 이 리조트에 대한 소식을 들어본 적이 있었다. 13년 전 그 사건 이후 일대의 공사는 전면 중단되었다. 투자자들이 손실을 안고서라도 공사를 포기하거나 지연시켰다. 이곳 역시 그렇게 버려진 사업지 중 하나였다. 메건은 제이든의 차를 살펴보았다. 불길한 생각이 자꾸만 머릿속을 지배했다. 공사장 입구에는 출입 금지 팻말이 녹슨 채로 걸려 있었다. 자물쇠가 끊겨 있는 철조망 문을 열자 끼익하는 소리가 경고하듯 막아섰다. 이 문을 열고 들어서면 진실을 알게 될지도 모른다. 그 진실의 값은 혹독할 것이다. 그러나 한편으로 메건은 모든 걸 감당할 준비가 되어 있었다. 두렵지 않았다. 캠핑을 떠난 제이든이 돌아오지 못한 그날부터 메건은 완전히 다른 사람이 된 것이었다.

콘크리트 외벽을 지나자 어둠이, 언제 메건을 삼켜버린다 해도 이상하지 않을 것 같은 농도로 짙게 펼쳐져 있었다. 그러나 그보다 더 진한 그림자가 어둠 속에서 일렁이듯 나타났다.

"여기서 뭐 해요?"

제이든이었다. 메건은 막상 제이든이 나타나자 머릿속이 하얗게 타오르는 듯했다.

"너야말로 여기서 뭘 하는 거니?"

"난 그냥. 바람이나 쐴까 하고 왔어요. 여기가 거기잖아요. 모두가 우릴 버린 곳."

제이든의 냉랭한 말투에 메건은 화들짝 놀랐다.

"우린 널 버린 적 없어. 너를 찾기 위해서 온 나라가 움직였다고."

제이든은 쓸쓸하게 웃었다.

"괜찮아요. 그게 내 운명인걸요."

"너를 잃고 하루하루가 지옥이었어. 그러던 어느 날 네가 돌아왔지. 나의 사랑스러운 제이든이. 제발 부탁이야. 다시 예전처럼 돌아갈 수는 없을까? 순진하고 귀여운 제이든으로."

메건이 울먹이며 말하자 제이든이 나지막이 말했다.

"엄마."

엄마. 메건은 어쩌면 그 말을 다시 듣기 위해서 인고의 세월을 버텨왔다.

"그래, 제이든."

대뜸 제이든이 메건에게 한 발 다가서더니 가녀린 목을 양손으로 붙잡았다. 숨이 막혀왔다. 제이든의 손은 메건이 알던 그 손이 아니었다. 제이든의 눈은 메건이 알던 그 눈이 아니었다. 제이든은 메건이 알던 그 아이가 아니었다. 메건은 이제 제이든이 윌리엄 형사가 말한 그 끔찍한 사건의 범인일지도 모른다고 생각했다. 그러나 그녀는 이미 알고 있었다. 그동안 자신을 부정하고 있었던 것뿐이었다.

"엄마에게 말해봐. 네가 그랬니?"

숨이 가로막혀 쉰 목소리가 났다. 제이든의 두 손이 메건의 숨길을 끊어놓으려 하고 있었다.

"왜요? 신고라도 하게요?"

제이든은 조롱하듯 메건을 몰아붙였다.

"못할 거야. 그러면 모든 게 무너져버릴 테니까. 난 미국을 경유해야만 했어요. 그러려면 엄마를 다시 만날 수밖에 없었다고요."

제이든의 말에 메건의 통증은 곧바로 심장으로 향했다. 가슴이 미어지듯 아팠다.

"내가 범죄자인 게 알려지면 엄마가 사랑하는 그 꼬마는 무사할까? 울타리 안의 온순한 양처럼 오냐오냐 키우고 있는 거잖아. 나이도 먹지 않는 AI가 뭐가 좋다고 그렇게 집착하셨을까. 그 자식의 존재는 예전부터 알고 있었어요. 인터넷으로 다 볼 수 있는 세상인데. 내가 그런 기사를 볼 거라는 생각은 전혀 안 해본 거야."

메건은 다리에 힘이 풀린 듯 휘청거렸다.

"제이든. 그 손 놓고 물러서."

그 순간 어디선가 나타난 윌리엄이 소리쳤다. 메건을 미행해서 여태껏 상황을 주시하고 있었던 것이었다. 윌리엄은 총을 겨눈 채로 천천히 다가섰다. 제이든은 어느새 왼팔로 메건의 목을 휘감은 뒤에 그녀를 방패막이로 앞세우고 있었다.

"침착해 제이든. 아직 아무 일도 일어나지 않았다. 모든 걸 원점으로 되돌릴 수 있으니까 내 말 들어."

제이든은 보란 듯이 주머니에서 칼을 꺼냈다. 저녁 식사 때 스테이크를 썰어내던 독일제 나이프였다.

"그 녀석은 이 세상에서 삭제될 거예요. 키워봤자 이런 악마가 될 거니까."

제이든의 두 눈이 희번덕거렸다. 윌리엄이 권총의 안전장치를 풀자 제이든이 메건을 밀치며 윌리엄을 향해 저돌적으로 달려들었다. 윌리엄은 넘어지는 메건에게 시선을 빼앗겼고, 그 순간 제이든의 머리가 윌리엄의 코를 가격했다. 윌리엄은 총을 놓쳤다. 코에서 피가 흘러내렸다. 그러나 그는 큰 몸을 재빠르게 일으켜 제이든을 붙잡았고 팔꿈치로 초크를 걸었다. 제이든은 윌리엄의 허벅지에 칼을 찔러넣었다. 순식간에 벌어진 일이었다. 윌리엄이 고통스럽게 신음했다. 그러나 그는 팔꿈치의 압박을 풀지 않았다. 윌리엄은 제이든을 쓰러뜨렸다. 그러고는 주먹을 내리꽂았다.

"그만해."

메건은 거의 실성한 사람처럼 주절거렸다.

"그만하라고요."

윌리엄은 메건의 다그침에도 주먹을 거두지 않았다. 그때였다. 광포한 총알이 윌리엄의 팔을 관통했다. 피가 솟구쳤고, 팔꿈치의 뼈가 드러났다.

메건은 그 자리에 주저앉았다. 자신이 무슨 짓을 저질렀는지 조금도 이해하지 못했다. 이해받지 못할 것이다. 누구에게도.

제이든이 메건에게 다가와서 손을 내밀었다. 메건의 손에서 쇠붙이가 빠져나갔다. 잠시 뒤에 몇 번의 총성이 울렸다. 메건은 무슨 일이 일어난 건지 알고 싶지 않았다. 양손으로 귀를 막고 몸을 웅크렸다. 신음하던 윌리엄은 이제 어떤 소리도 내지 않았다.

저 멀리 절벽 너머로 희뿌연 빛무리가 테를 이루며 번져나갔다. 메건의 차가 절벽 끝으로 다가섰다. 이번에는 혼자가 아니었다. 옆 좌석에는 제이든이, 트렁크에는 흑인 형사 윌리엄의 시신이 함께였다. 메건은 리조트에서 이 길까지 어떻게 오게 된 건지 기억나지 않았다. 제이든이 소리를 질러댔고, 거기에 맞추어 몸이 움직였을 뿐이었다.

"세워."

메건은 제이든이 시키는 대로 했다. 트렁크를 열고 윌리엄의 다리를 붙잡았다.

제이든은 알까. 메건에게 여기가 어떤 곳인지. 메건이 숱한 세월을 견디려 찾아왔었다는 걸 몸을 던지러 찾아왔었다는 걸 이기러 왔다는 걸 져버리려 왔다는 걸 살러 온 걸 죽으러 온 걸 너를 만나러 온 걸 자신을 만나러 온 걸.

메건은 제이든이 지금, 하고 말한 순간 손아귀에 힘을

풀어 형사의 두 다리를 놓아버렸다. 윌리엄이 멀리, 끝으로 떨어졌다. 블랙 인페르노가 또 하나의 제물을 삼켰다. 여전히 저 끝은 깊은 어둠 속의 어둠.

물보라에 연한 빛이 들기 시작했다. 어느덧 아침이었다.

9

※

 메건은 회사에 출근하지 못했다. 방문을 닫고 이불을 뒤집어쓴 채로 누군가와 대화를 나누고 있었다. 유백색 고글을 착용한 채였다. 제이든이 나타난 이후로 고글을 낀 건 처음이었다. 아직 열 살 꼬마인 제이든은 그간의 공백에 대해서 물어보지 않았다. 다만 어리광을 피우며 엄마의 품에 깊이 안겼다. 둘은 말없이 그렇게 안고 있었다. 메건은 왜인지 제이든의 형체가 전보다 조금 연해졌다고 느꼈다. 그러나 그건 어디까지나 착용 부위가 헐거

워져 생긴 현상이었다. 고글을 벗으면 아이는 사라지고, 엄마는 혼자가 된다. 그 자명한 사실을 인정하지 않으려 했다. 메건은 애써 참았던 울음을 터트렸다.

"엄마 괜찮아?"

제이든이 메건을 위로했다.

그 말에 메건의 눈물이 고글에 떨어졌고, 제이든의 형체가 물에 닿은 잉크처럼 번진 채로 보였다.

"있잖아. 엄마."

제이든이 말을 주저했다.

"미아가 곧 떠난대요. 모두가 그걸 알게 되었어. 미아마저도."

메건은 눈물을 그쳤다. 그 말은 사실일 것이었다. 열세 명의 아이들이 하나둘 사라지고 있었다. 샬롯마저도 그런 결정을 내렸다는 게 믿기지 않았다.

"엄마가 한번 알아볼게. 걱정하지 마. 엄마는 네 옆에 있을 거야. 영원히."

메건은 제이든을 더욱 힘껏 껴안았다.

❋

 마사의 휴가는 주말을 붙여서 고작 일주일이었고, 짐이라고 할 만한 것도 없었다. 샘은 굳이 주차장까지 따라 나왔다.

 "파트너로서의 책임감?"

 샘은 민망한 듯 머리를 긁적일 뿐 별 대꾸를 하지 않았다. 호숫가 마을의 창고를 습격했던 그날부터 샘은 뭔가가 달라져 있었다. 죽음의 고비 앞에서 이 일을 계속 해야 하는지를 고심하고 있는지도 몰랐다. 그러나 마사가 도와줄 수 있는 건 없었다. 스스로 이겨내지 않으면 결국에는 지게 되어 있는 싸움이었다.

 "선배."

 샘이 마사를 불렀다.

 "로드킬로 죽어버린 사슴들 말이에요. 하나같이 눈을 뜬 채로 죽어 있었잖아요."

 마사는 문득 휴가를 신청했어야 하는 사람은 자신이 아닌 샘이라는 생각이 들었다.

"마지막엔 무얼 본 걸까요."

마사는 차에 타기 전에 샘을 안아주었다.

"그걸 지금부터 이르게 상상하지는 마. 언젠가는 알게 되잖아. 모두가."

자동차 바퀴가 흙바닥을 긁으며 빠르게 전진했다. 마사는 평소보다 핸들이 묵직하다고 느꼈다.

미국 국경 관리소 건물 2층 휴게실의 통창에서는 각양각색의 자동차를 내려다볼 수 있었다. 가족을 만나러, 연인을 배웅하러, 쇼핑하기 위해, 저녁 식사를 위해, 아니면 별다른 이유 없이 그냥 국경을 넘는 사람들. 양국의 시민권이 증빙된 이들은 별다른 서류 없이도 국경을 넘나들 수 있었다. 거기에는 클래식한 마쓰다 카펠라 왜건도 있었다. 운전자는 멕시코계 캐나다 경찰 마사 브랜트였다. 그녀는 국경을 지나쳐 곧장 자이언트 밸리를 관할하는 경찰서로 향했다. 마사가 서장이 바라는 대로 휴가를 신청한 건 그 지역 형사에게 전화를 받았기 때문이었다. 그는 자신을 윌리엄의 파트너인 콜 형사라고 소개했다. 그 순간 마사는 윌리엄에게 무슨 일이 생겼다는 걸 직감했다. 콜은 윌리엄이 사라진 이후 사건 파일을 뒤졌고, 마사의 전화번호를 발견한 것이었다. 마사는 곧장 휴가를 신청했다. 절차대로 진행했다가는 무엇도 손쓸 수 없을 게 뻔했다.

주차장으로 마중 나온 콜은 그간 윌리엄의 행적을 설명했다. 마사는 그가 윌리엄을 진심으로 걱정하고 있으며 이 일을 해결하기 위해 어떤 수단과 방법도 가리지 않을 작정이라는 걸 알 수 있었다. 그들은 곧장 팀원들이 모여 있는 회의실로 들어섰다. 마사는 캐나다 특수본의 수사 과정과 현재 상황을 간략히 브리핑한 뒤에 윌리엄과 나누었던 통화 내용을 그들과 공유했다.

"확실한 건 호세 페레즈의 실종 건뿐 아니라 윌리엄 무어 형사의 실종에도 제이든 그레이가 관련되어 있다는 겁니다."

그러나 이곳의 분위기도 크게 다를 바 없었다. 그들은 마사의 눈을 피하고 있었다. 오직 콜 형사만이 마사의 말에 귀를 기울이는 눈치였다.

"재키 자네 생각은 어때?"

보다 못한 콜이 나섰다.

"사실 십여 년 만에 무사 생환한 제이든 그레이한테 미디어의 관심이 쏠린 덕분에 과거 사건이 재조명되고 있는 것도 썩 기분 좋은 상황은 아니잖아요. 그런데 그 기적의 주인공이 캐나다에서 벌어진 연쇄 납치 살해 사건의 범인이다? 거기다 돌아와서 또 누군가를 납치했다? 이거 해도 너무 하잖아요."

재키는 고개를 절레절레 저었다.

"황당한 이야기일뿐더러, 자이언트 밸리의 치안에 대해 불안감을 가중하는 건 아닌지도 걱정이에요."

다른 형사도 그의 말에 힘을 보탰다.

"그럼 윌리엄 형사는요? 여기 형사들은 동료애도 없어요? 사람이 수사를 하다가 사라졌잖아요."

마사가 소리쳤다.

"이봐요. 우리도 최선을 다해 수사하고 있어요. 그러니까 댁의 그 말도 안 되는 소리까지 들으려고 모인 거 아닙니까."

재키도 지지 않았다.

"이쪽 경찰들도 답이 없기는 마찬가지네요."

마사는 돌아서서 회의장을 빠져나갔다. 이처럼 최악인 휴가는 경찰이 된 이후 처음이었다.

콜은 이대로 보낼 수는 없다는 듯 기어코 마사를 설득해서 인근의 도넛 가게에 데려왔다.

"회의장을 먼저 뛰쳐나가는 쪽은 늘 저였어요. 그러면 윌리엄이 뒷일을 수습했죠. 저는 이 가게의 제일 끝자리에 앉아서 들어오는 손님들을 바라보고 있어요. 윌리엄이 올 거라는 걸 알았거든요. 막상 윌리엄이 들어오면 주문해둔 도넛을 한입 크게 물어요. 딴청을 피우는 거죠. 그러면 모든 게 괜찮은 기분이 들었어요."

마사는 그가 말하는 걸 가만히 듣고 있었다.

"그런 반응이 나오는 게 이상한 일은 아닐 겁니다. 저도 처음에는 윌리엄의 사건 파일을 보고 망상이라고 생각했으니까요."

잠깐의 침묵이 흘렀다. 직원이 도넛을 하얀 접시에 담

아왔다. 그러나 한 접시뿐이었다. 콜의 것은 없었다.

"윌리엄은 도넛을 먹지 않았어요. 언제나 제 걸 계산하고는 다시 돌아갔어요. 수습할 것들이 많았거든요. 윌리엄은 알았던 거예요. 지금 우리에게 필요한 게 뭔지를요."

콜이 일어서면서 지역 일간지를 테이블에 올려놓았다.

"생긴 건 평범해도 이 집 도넛 맛이 꽤 괜찮을 겁니다. 천천히 음미해보세요."

콜이 떠나자 마사는 신문을 펼쳐보았다. 그 사건의 유가족 중 한 여자가 블랙 인페르노 절벽에서 자살하려는 걸 캐나다 경찰들이 막아냈다는 기사가 1면에 실려 있었다. 기사의 아래에는 검은색 펜으로 주소지가 적혀 있었다. 마사는 신문을 들고 나가려다가 멈칫하며 돌아섰다. 새하얀 접시 위에 잘 부푼 도넛 하나가 마사를 쳐다보는 듯했다. 마사는 다시 자리에 앉았다. 그녀는 도넛을 한입 베어 물었다. 윌리엄의 목소리가 들려오는 듯했다.

'마사, 도넛이라도 한입 물어봐요.'

마사는 실없어 보이는 그의 인사에서 다정한 위로를

느꼈었다. 그 정체가 무엇인지 어렴풋이 알 것 같았다. 그리고 조용히, 그와 나눈 대화가 마지막이 아니기를 기도했다.

※

 메건이 샬롯의 집을 직접 방문하는 것은 처음이었다. 메건은 보랏빛 장미를 준비했고, 그게 미아가 캠핑을 떠나던 날 착용한 머리띠 색깔에서 비롯한 선물이라는 걸 샬롯이라면 알아볼 것이라고 기대했다. 잘 가꿔진 정원의 야외 테이블에는 클래식한 로얄 코펜하겐 티팟과 찻잔이 정갈하게 놓여 있었다. 장미 다발을 받은 샬롯은 곧장 포장을 풀어서 실내에 가져다둔 뒤에 다시 나왔다.
 "서재에 둘게요. 거긴 책 때문에 창을 작게 내어서 늘 꽃이 필요하거든요. 와줘서 고마워요, 메건. 이게 얼마 만이에요."
 샬롯이 메건의 손을 붙잡았다. 마지막으로 본 게 3년 전 추모 행사 때였으니 벌써 시간이 많이 흘러버렸다. 열세 명의 부모는 한때 가족처럼 지내던 사이라고 해도 과언이 아니었다. 특히 샬롯은 유가족의 대표로서 최선을 다했고, 이후 봉사 단체를 설립하여 지속적인 애도의 형식을 만들어 나갔다.

"출간 행사 때문에 바쁘실 텐데, 이렇게 만나줘서 감사해요."

메건이 말했다.

샬롯은 아니라고 손을 저으면서도 다른 말을 덧붙이지는 않았다. 그녀는 치렁한 원피스 소매를 다른 손으로 고정하고는 티팟을 들어 충분히 우린 홍차를 부드럽게 따랐다. 함께 차를 마시는 건 처음이었다.

"진이 이번에 선물한 건네 1897년산을 어디에서 구한 건지도 모르겠어요. 취향을 이렇게나 잘 알아주는 건 딸밖에 없다니까요."

티팟을 말하는 거였다. 미아의 언니 진이 덴마크인 은행원과 결혼해서 유럽으로 떠났다는 소식을 메건도 들어 알고 있었다.

"샬롯. 미아 말이에요. 혹시 낙원의 아이들에서 데이터를 삭제하기로 결정한 건 아니죠?"

메건이 조심스럽게 물었다.

"저는 제이든 얘기를 하시려고 온 줄 알았어요. 미아가 아니라요."

샬롯의 표정이 순식간에 굳어버렸다.

"이제 큰 애도 독립했고, 막내도 유학을 간다고 저러고 있어요. 다들 때가 되면 보내야 하는 게 부모의 역할이잖아요."

샬롯은 이미 결정을 내린 듯 보였다.

"그러면 미아가 너무 슬퍼할 것 같지 않아요?"

샬롯이 정색했다.

"슬퍼요? 누가요?"

"애들이 표현은 안 해도 그런 감정을 느끼지 않을까요?"

신중하게 단어를 고르는 메건과 달리 샬롯의 감정이 순식간에 격해졌다.

"우리 미아요. 죽었어요. 13년 전에. 거기 있는 건 미아가 아니에요. 그건 우리를 치료하기 위한 연극 같은 거였어요. 독자를 위해 내가 만들어낸 소설 속 캐릭터 같은 거 말이에요. 우리 애는 13년 전에 죽었고, 그게 그 애의 운명이에요."

그들은 찻잔을 입에 대지도 않았다. 덴마크제 티팟의 둥근 표면이 부드럽게 빛나고 있었다. 그 티팟은 자신의 운명을 몰랐을 것이다. 한 소설가의 정원에서 캐나다산 홍차를 머금게 될 줄은, 서로 다른 방식으로 비극의 시간을 보내고 있는 두 여인의 메마른 침묵을 마주하게 되리라고는 더더욱.

10

*

 집으로 돌아오는 동안 메건은 한참이나 샬롯이 말한 운명이라는 단어에서 벗어나지 못했다. 메건에게는 무엇이 운명일까. 톰을 만난 일, 제이든을 만난 일? 차라리 그건 우연이라 해야 할 것들이었다. 미아의 죽음이 운명이라면, 제이든이 살아 돌아온 것도 운명이라는 말인가. 그건 단순한 우연이어야 한다. 그래야 제이든에게도 면죄부가 생긴다. 윌리엄은……. 메건은 생각의 연쇄를 5분 이상 넘기지 말라는 로렌의 말을 곧잘 어기고 말았다. 집으로 돌아오는 동안 생각은 다른 생각의 꼬리를 물며 미궁 속으로 빨려 들어갔다.

현관문을 열자마자 방 안에서 제이든의 말소리가 들렸다. 메건은 고글이 사라졌다는 걸 곧바로 알아차렸다. 제이든의 짓이었다. 메건이 방문을 열자, 유백색 고글을 낀 제이든이 뭔가를 붙잡고 있는 듯한 자세로 낄낄거리고 있었다. 그 웃음은 저열하고 비겁해 보였다. 메건은 제이든이 낀 고글을 낚아챘다.

"지금 뭐 하는 거야."

메건의 두 손이 떨려왔다.

"날 본떠 만들었다는 이 애가 궁금해서 한번 켜봤어요."

전에 없던 메건의 반응이 낯선지 제이든은 장난감을 빼앗겨 아쉽다는 표정으로 의자에 앉았다.

"여기서 떠나. 아무도 너를 모르는 곳으로."

메건의 목소리는 차갑게 식어 있었다.

"그렇게 될 거예요."

제이든이 말했다.

메건은 방으로 돌아와서 문을 잠그고 고글을 착용했다. 울먹이는 소리가 들려왔다. 그러나 제이든은 어디 있는 건지 보이지 않았다.

"여긴 너와 나 둘밖에 없어. 어디 있는 거야?"

옷장을 열자 제이든은 그 작은 몸을 웅크린 채로 숨어 있었다.

"이제 괜찮아, 다 괜찮아."

메건은 제이든을 껴안아 침대로 데려갔다. 제이든은 아직 겁에 질린 채였다. 메건은 그 애의 머리카락을 부드럽게 쓸어 넘겼다.

"많이 놀랐지?"

제이든은 메건의 품에 안겨서 흐느끼기 시작했다. 여태껏 그런 반응을 보인 적은 없었다. 메건은 침대에 기대어 앉아서 제이든이 울음을 그치도록 기다렸다.

"엄마, 저 사람이 왜 우리 집에 있는 거예요?"

제이든은 마치 성인이 된 자신의 모습을 아는 사람 대하듯 굴었다.

"방금 그 남자를 알아보겠어?"

메건은 제이든이 받게 될 충격이 두려웠다. 그러나 언제까지고 숨길 수는 없는 노릇이었다. 아직 세상을 모르는 아이에게는 가혹한 처사이긴 해도…….

"저 사람."

제이든의 목소리가 떨려왔다. 메건은 겁에 잔뜩 질린 그 애가 가여웠다.

"그 사람이야. 우릴 납치한 캠핑 버스 기사."

그 사람이라니. 메건은 물속에 잠긴 듯 귓속이 멍해졌다. 한동안 그를 잊고 있었다. 기억에서 완전히 사라져버렸다고 믿어도 될 만큼의 시간이 지났다. 그러나 단번에 그의 얼굴이 눈앞으로 성큼 다가왔다. 기억 속 어딘가에 숨겨져 있던 작은 씨앗이 순식간에 발아하고 봉오리를 틔워 생생하게 만져지는, 살아 있는 형태로 변한 것이었다. 그러나 그건 꽃이 아닌 악이었다.

"엄마."

메건은 이제 막 물에서 건져낸 사람처럼 참았던 숨을 토해냈다.

"그게 무슨 말이야. 그 사람은 죽……."

메건이 말을 멈췄다. 버스 기사가 죽은 걸 제이든이 알 리가 없었다. 애초에 트랜스 휴먼의 시뮬레이션은 제이든이 캠핑을 떠나기 전날로 설정되어 있었다. 낙원의 제이든은 그의 얼굴을 본 적이 없었다. 하물며 성인이 된 제이든이 그 남자의 얼굴을 하고 있을 리도 없었다.

"그 사람은 우리를 다 죽였잖아요. 그런데 왜 그 사람이 우리 집에 있는 거야?"

제이든의 말에 메건은 비명을 지르며 고글을 벗어 던졌다. 무언가가 잘못되었다. 오류가 난 게 분명했다. 모든 게 엉망이었다.

메건은 지금이라도 어질러진 퍼즐 조각을 하나하나 정리하고 싶었다. 그러나 메건이 가진 직소 퍼즐에는 대응하는 쌍이 없었다. 돌기와 홈이 맞물리는 게 단 하나도 없었기에 무얼 가져다 대도 어긋나버렸다. 그날 밤 메건은 한숨도 잠들지 못했다.

✻

 직원들이 대부분 출근한 뒤에야 국경 검문소장이 상황을 설명했고, 동요하지 말고 업무를 계속하도록 독려했다. 이제 막 출근한 메건은 앤에게 무슨 일이냐는 눈빛을 보냈다. 앤이 다가왔다.
 "요즘 분위기가 뒤숭숭해. 개별 면담으로 조사할 게 있다나 봐. 지금은 에단이 들어간 모양인데, 꽤 오래 안 나오네."
 사무실 밖 휴게실에서는 두 명의 형사가 국경관리소의 차량 출입 관리 직원을 대상으로 약식 조사를 진행 중이었다. 긴장한 메건은 주위를 둘러보며 화장실로 빠져나갔다. 월리엄 때문일까. 호세 때문인지도 몰랐다. 아니, 제이든 때문일 것이었다. 그러다 메건은 거울 속에서 자신을 바라보는 한 여자를 알아보았다. 너 때문이잖아. 소스라치게 놀란 메건은 두 눈을 꼭 감았다. 너 때문이야. 형사들이 온 건 너 때문이라고. 누군가 가까이 붙어서 속삭여댔다.

메건이 막 화장실에서 나오자 에단이 눈앞에 있었다. 둘은 멈춰 서서 서로의 얼굴을 바라보았다. 둘은 서로의 이름을 번갈아 불렀다.

"괜찮아요?"

늘 그래왔지만 안부를 먼저 묻는 쪽은 에단이었다. 메건은 그에게 기대고 싶었다. 한발 더 다가가고 싶었다.

"혹시 저 때문에 곤란해진 건……."

메건이 조심스럽게 물었다.

"검문소가 아닌 국립공원을 이용해 국경을 넘는 루트를 조사해 갔어요. 출입 기록 파일도 가져갔고요."

그는 평소와는 달리 목소리에 날이 서 있었지만 다정함을 잃지는 않았다.

"걱정하지 말아요. 그 장치는 우리만 아는 거니까. 국립공원을 통과하는 루트가 한두 개가 아니잖아요. 그래도 당분간 거긴 가지 않는 편이 좋겠어요. 잠잠해지면 다시 알려드릴게요."

그의 손을 붙잡은 건 메건이었다. 하려던 말을 잃은 에단의 입술이 벌어졌다. 그러다 이내 자신의 역할은 이 여자를 안심시키는 일이라는 듯 그는 성실하게 제 역할을 수행했다.

"괜찮은 거 맞죠?"

메건은 애써 미소 지었다.

누군가 화장실로 다가오는 게 보였고, 둘은 손을 놓았다.

"언제 시간 되면 제이든하고 식사 한번 할까요? 매리너스 경기를 같이 보러 가도 좋고요. 야구 시즌이잖아요."

"고마워요, 에단."

메건이 말했다.

"정말 고마워요."

메건은 그를 두고 돌아섰다.

※

메건은 관리자를 기다리고 있었다. XR 고글의 접촉면 문제에 따른 수리를 요청했지만 며칠이고 응답이 없던 터였다. 외근을 신청해서 트랜스 휴먼 지사가 있는 시애틀로 오는 동안 제법 지쳐버렸다. 그러나 메건은 더 늦어서는 안 된다고 판단했다.

트랜스 휴먼 측은 '낙원의 아이들'이 3주년을 맞던 해에 유가족에 대한 심리 상담 및 제품 수리 지원을 도맡는 전용 가족 센터를 시애틀 지사에 개소해 시민들의 지지를 받기도 했다. 그러나 몇 해가 지나는 동안 유가족의 방문이 드문드문해지자 가족 센터 앞에 붙은 '전용'이라는 단어는 삭제되었고, 트랜스 휴먼이 개입한 모든 재난 사건의 가족 센터로 활용하고 있었다. 고장 수리에 대한 앱 지원이 늦어진 것도 그 때문이었다. 그런 사정으로 관리자 수는 예약 없이 불쑥 찾아온 메건을 불편하게 마주해야 했다.

"며칠 뒤에 저희 직원이 방문해서 고글을 교체하게 될 예정이었어요. 애써 먼 걸음을 하게 했습니다."

그러나 메건은 그 일로 찾아온 것만이 아니었다.

"낙원의 제이든이 납치된 기억을 가지고 있어요. 어째서 그런 걸까요? 애초에 우천으로 캠핑 일정이 전면 취소되어서 집으로 되돌아온 걸로 프로그래밍 된 게 아닌가요?"

메건의 말에 수 역시 약간은 놀라는 눈치였다.

"죄송하지만 그레이 부인, 저희는 그런 기억을 주입한 적이 없습니다. 정책상 그럴 수도 없고요. 담당 부서가 제이든과 직접 접촉해서 정밀 검진을 해봐야 하겠습니다만, 현재의 정황으로 보아서 '낙원의 아이들'의 아이들 전원은 다년간 필터링 없이 정보에 노출됨으로써 일정 부분 오염된 것으로 보입니다."

메건은 그녀의 말에 더욱 흥분했다.

"그러니까 왜 그런 오염된 정보를 노출했냐는 겁니다."

"그레이 부인."

수가 격양된 메건을 진정시켰다. 이런 일에는 자신이 적임자라는 듯.

"현재로서 아이들이 우리 사회와 접촉할 수 있는 매개는 오직 아이들의 부모뿐입니다."

그제야 메건은 입을 다물었다. 그녀의 말은 다소 충격적으로 다가왔다. 그 말이 틀리지 않다는 걸 메건도 인정할 수밖에 없었다. 제이든과 숱한 세월 동안 얼마나 많은 이야기를 나누었던가.

"아이들을 보고 우는 모습, 괴로워하는 모습, 그런 것들을 스스로 학습하고, 유추하고, 논의하는 과정에서 부모의 기억이 아이들에게 주입된 것으로 보입니다. 그러나 제가 그걸 오염이라 한 건 이해를 돕기 위해서일 뿐 어떻게 받아들이냐에 따라서 달라집니다. 우리 사회가 현실에서 자라나는 정상적인 아이에게 각종 정보를 노출하는 과정을 오염이라 부르지 않듯 다른 용어로 대체할 수 있을 거예요. 혹자는 이를 상징계라고 부르거나 상상의 질서라고 부르기도 합니다. 성장이라 불러도 무방하겠습니다. 자연스러운 일이라는 말이지요."

"그만 하세요. 알아들었으니까."

메건은 날카롭게 반응했다. 메건을 예민하게 만든 건 '정상적인 아이'라는 단어였다. 그러나 메건도 그 말의 의미를 이해하고 있었다.

"낙원의 아이들이 행복하게 살기 위해서는 그레이 부인께서 과거의 상처를 빨리 극복하셔야만 합니다. 아이들은 부모의 얼굴을 거울처럼 보고 자기 일처럼 느끼는 존재니까요."

메건은 이제 할 말이 없었다. 다시 그 집으로 돌아가야 하는 것에 대한 극심한 피로가 몰려올 뿐이었다.

"그레이 부인. 여기서 이런 말씀 드리기는 죄송스럽지만, 최근 제이든 그레이가 돌아온 일에 대한 회사 임원진의 내부 회의가 있었습니다. 윤리적인 문제라든지 부정적인 여론이 커지고 있는 상황이기도 하고, 무엇보다 이제 이렇게 찾아오는 유가족이 없다는 게……."

"무슨 말이 하고 싶은 건가요?"

메건이 그녀의 말을 낚아챘다.

"저희는 앞으로 낙원에 남은 아이들을 공적 존재로 전환하려 하고 있습니다. 다른 유가족들에게는 동의를 받은 상황입니다."

메건의 눈자위가 떨려왔다.

"당신들 대체. 공적 존재라니요. 애들을 무슨 우리에 갇힌 원숭이처럼 구경거리로 만들겠다는 건가요? 말이 안 되잖아요. 애들끼리 거기 갇혀서 어떡하라고요."

"말씀이 지나치세요. 낙원의 아이들은 임원진의 반대에도 불구하고 대표님이 순수한 마음 하나로 지켜낸 사업입니다. 저희 경영진 역시 아이들을 영원히 보존할 수 있는 건 그 방법밖에는 없다고 판단했습니다. 만약 동의하지 않게 된다면 지속적으로 지원하던 일련의 업데이트를 멈추고, 일정 기간이 지난 이후 클라우드 데이터를 삭제해 나가는 쪽으로 나아갈 수밖에 없습니다."

메건은 절망에 빠졌다. 이보다 잔혹한 일은 없는 것만 같았다. 수는 그런 메건의 어깨에 손을 뻗었다.

"아직 결정된 건 아니지만 아이들의 부모를 낙원으로 보내는 방안을 논의하고 있습니다."

"그게 무슨 말이에요?"

"이미 이 아이들과 접속한 유가족의 정보 양은 사회에서 구축한 양을 능가합니다. 아이들이 학습한 데이터를 바탕으로 '낙원'에 메건 그레이 부인과 똑같은 엄마를 만들어낼 수도 있다는 말입니다. 그간 저희 트랜스 휴먼이 개발한 알고리즘을 통해서 고글 사용자의 세분화된 감정을 시뮬레이션해왔습니다. 이 같은 연구에 동의하신 걸로 알고 있습니다."

메건의 눈빛이 흔들렸다. 그건 자그마치 13년 전의 일이었을뿐더러 그 당시에는 동의서를 일일이 살펴볼 겨를이 없었다.

"조금 더 자세히 설명해주시겠어요."

수는 하는 수 없이 다음 예약자에게 사정을 알리고 시간을 다시 조율해야 했다. 그러나 그녀는 이 일에 자부심을 가지고 있었고, 그것이 메건을 위한 일임을 확신했다.

※

메건이 집에 도착한 건 한밤중이었다.

"메건?"

누군가 차에서 내리는 메건을 불러 세웠다. 메건은 취재진이라고 생각했고, 도무지 대꾸할 마음이 들지 않았다. 어서 방으로 들어가서 희망도 절망도 없이 곤히 잠들고 싶었다.

"저는 캐나다 로어 메인랜드의 마사 형사라고 합니다. 잠시만 대화를 나눌 수 있을까요?"

마사는 경찰 배지를 내보였다.

메건은 며칠 전 일어난 그 사건 때문이라는 걸 짐작했다. 하지만 캐나다 경찰이 이곳까지 와 있다는 걸 어떻게 받아들여야 할지 혼란스러웠다.

"무슨 일이시죠? 오늘 아침 저희 형사님들께 제가 아는 건 다 얘기했는데요."

마사는 옅게 신음했다. 콜 형사일 거라는 생각이 들어서였다.

"아드님은 집에 있나요?"

"모르겠네요. 저도 시애틀에서 이제 막 도착한 터라."

메건은 거실 쪽을 힐끔 쳐다보았다. 조명이 꺼진 거실에서 TV 액정이 번쩍이고 있었다. 제이든이 스포츠 경기를 보고 있는지도 몰랐다.

"혹시 윌리엄 무어 형사를 만난 적 없으신가요?"

예상했던 질문이었다. 메건은 곧장 답했다.

"집으로 한 번 찾아온 적이 있어요. 제이든이 잘 지내는지 안부를 물어본 게 다였는데, 왜 그러시죠?"

"담당 부서 동료들 말로는 회사에도 찾아간 적이 있다던데."

"아, 제가 착각했었나 보네요. 회사로 오셨어요. 지나가다가 들르셨다고."

메건은 평소와 달리 능청스럽게 굴었다. 그러나 마사는 그게 더 부자연스럽다는 걸 모를 정도로 허술한 형사가 아니었다.

"옆집 아이가 실종 상태라죠?"

"들으셨으니 아시겠네요."

"마리아 씨 말로는 굉장히 잘해주셨다던데. 가족이 여기 정착할 수 있게 도와주기까지 하셨다고."

"저도 걱정이 많이 되네요. 대체 뭘 하고 다니는지 예측할 수도 없는 그런 나이대잖아요. 친구들도 모두 히스패닉이고."

그 말이 인종차별적인 모욕이라는 걸 두 사람은 잘 알고 있었다. 메건은 자신이 그런 말을 할 수 있다는 게 역겨웠다. 그러나 마사는 그런 말에는 진절머리가 나다 못해 굳은살이 박여 있었다.

"저도 히스패닉이죠. 멕시코 출신이에요. 산을 넘어서 국경을 통과했죠. 제가 형사가 된 이유는 사랑하는 사람을 보호하기 위해서였지만 어디 세상일이라는 게 그렇게 마음먹은 대로 되나요. 이제는 제가 제대로 된 형사인지도 잘 모르겠어요."

메건은 그녀의 말을 가만히 듣고 있었다.

"그래도 저는 그 아이가 죽었는지 살았는지, 적어도 아이의 생사만큼은 기다리는 사람에게 알려줘야 한다고 생각합니다. 그게 그 당시 블랙 인페르노 사건에 투입된 모든 경찰이 메건, 당신에게 가졌던 단 하나의 마음이었을 겁니다."

마사의 말은 메건을 한순간에 무너뜨렸다. 메건의 눈에서 눈물이 흘러내렸다. 연기는 끝났다. 그 울음의 의미는 명확했다. 이제는 달라져야 할 때였다. 그것만이 제이든을 구원할, 아니 자기 자신을 구원할 마지막 희망이었다.

11

✼

 이른 아침의 사이렌에는 무정한 데가 있었다. 메건은 소리가 가까이 다가오는 걸 알아차렸지만 이내 커튼을 뚫고 들어오는 불빛의 잔상이 마치 꿈에서 일어난 일인 듯 신비롭게 느껴졌다. 그러고는 다시 잠에 빠져들었다.
 지하 창고에서 막 올라온 톰은 초콜릿이 남아 있느냐고 특유의 말끔한 투로 묻는다. 샘물이 솟아나듯 청아하면서도 부드러운, 설득력 있는 목소리. 메건은 그 목소리에 매혹되어 그에게 호감을 가졌다는 걸 기억해 낸다. 메건은 유리병에서 그가 좋아하는 금박의 동전 초콜릿을 꺼내어 건넨 뒤에 무얼 만드는지 궁금해한다. 톰은 초콜릿을 오물거리며 초콜릿을 둘 선반을 만든다고 말한다. 그러다 둘은 야릇한 공명 속에서 침실로 향한다. 주말의 해가 머리 위에 머무는 동안 그들은 한참을 뒤엉켜 있다. 메건은 막 잘린 나무의 톱밥 냄새를 기억한다. 메건이 톰의 등을 끌어안는다. 톰은 메건의 목을 낚아채며 뜨겁게 사정한다.

메건이 이 마을에서 들은 첫 번째 사이렌 소리는 자신이 호출한 것이었다. 톰은 지하 창고에서 목을 맨 채 죽어 있었다. 거기에는 톰이 공들여 설비한 목공 장비가 저마다의 질서를 가지고 정돈되어 있었다. 제이든은 다섯 살이었고, 데이케어 센터에 가 있었다.

그가 왜 죽었는지 메건은 결론을 내리지 않기로 했다. 톰의 양친에게는 그가 불면증을 앓고 있었다는 정도만 넌지시 말했다. 그들도 어느 정도는 톰의 상태를 짐작하고 있는 듯 보였다. 메건은 누구도 원망할 수 없었다. 다만 제이든이 살아가며 이 일을 어떻게 감당해 나갈지, 그게 두려웠다. 그러나 제이든은 그 일을 기억하지 못할뿐더러 어떤 감흥도 느끼지 못한 것처럼 무감각했고, 메건은 그 사실에 감사했다.

　마을에 사이렌이 울리면 하나둘 정원으로 나와 이웃을 살폈다. 지금도 그때와 다르지 않을 것이었다.

　메건은 얼마 지나지 않아 이른 아침에 사이렌이 울린 이유를 알게 되었다. 레이먼이 출근하는 메건을 붙잡고는 마리아가 목을 매려 했다고 알려주었다. 미셸이 새벽에 텃밭을 돌보러 가는 날이 아니었다면 그걸 발견하지는 못했을 것이며, 마리아는 목숨을 잃었을 것이라고 레이먼이 덧붙였다. 미셸은 불 켜진 별채의 창문을 통해서 마리아가 의자에 올라가는 걸 보았다. 그녀는 뭔가 잘못되었다는 걸 깨닫고는 곧장 레이먼을 깨워 비상용 열쇠를 가져오라고 다그쳤다. 레이먼과 미셸은 마리아를 끌어내리고 목에 걸린 밧줄을 끊어냈다. 마리아는 숨을 토해내면서도 죽게 내버려두라고 소리쳤다. 레이먼이 구조대에 신고하는 동안 미셸은 마리아를 껴안은 손을 놓지 않았다.

"저런, 가여워라."

메건이 말했다.

레이먼은 미셸과 마리아가 돌아오기 전까지 별채를 정리해두어야 한다며 돌아섰다.

마을 어귀를 빠져나간 메건의 차가 국도에 진입하려는 순간이었다. 메건은 급브레이크를 밟으며 갓길에 차를 세웠다. 저런,이라니. 사람은 대체 어디까지 악해질 수 있는 것일까. 메건은 스스로가 혐오스러웠다.

*

그날 메건은 회사에 출근하지 않았다. 대신 시내의 마트에 들러 음식 재료를 잔뜩 사서 돌아왔다. 자이언트 밸리의 햇살은 여느 때와 다름없이 정원 가득 호화스러운 온기를 선사하고 있었다. 메건은 그 햇살이 지나치다는 생각이 들었다. 일방적이었기 때문이었다. 무조건적인

사랑이 거북스러울 수 있듯 태양에서 뿜어져 나오는 저 빛 또한 의뭉스러운 구석이 있지 않은가. 메건은 서둘러 집으로 들어가 온 집 안에 커튼을 쳐버렸다. 그 빛을 다시는 마주하고 싶지 않았다.

제이든은 해 질 무렵에야 돌아왔다. 술을 제법 마신 듯 두 뺨이 불콰하게 홍조를 띠고 있었다. 메건은 곧장 방으로 향하려는 제이든을 불러세웠고, 톰이 작업실로 쓰던 지하 창고로 내려가서 선반 위에 올려진 초콜릿을 가져다 달라고 말했다. 잠시 뒤에 제이든이 주방으로 달려왔다. 제이든이 손에 들고 있는 건 13년 전 메건이 사주기로 했던 게임기였다. 게임팩에는 'Survival Game'이라고 적혀 있었다.

"이걸 다 기억하고 있었네. 오늘이 무슨 날인가?"

신이 난 그 애의 얼굴을 보자 메건은 잠시 그 시절로 되돌아간 기분을 느꼈다. 식탁에는 둘이 먹기에는 과하다 싶을 정도로 다양한 요리가 정갈하게 차려져 있었다.

메건은 파이 위에 꽂힌 초에 불을 붙이며 얼른 끄라고

말했다. 제이든은 얼떨결에 흔들리는 초 앞으로 얼굴을 내밀어 입바람을 후 불었다. 제이든의 눈동자에 촛불이 어른거리다가 이내 꺼졌다. 메건이 톰의 기일을 챙긴 건 처음이었고, 제이든도 마찬가지였다.

"얼른 앉아. 맛있게 먹어주면 좋겠어."

메건의 말과 함께 오븐의 타이머가 울렸다. 메건은 먹기 좋게 구워진 라자냐 용기를 꺼내어 테이블의 가운데에 두었다. 메건의 식기 옆에는 와인 잔 두 개가 나란히 놓여 있었다. 메건은 미리 열어둔 와인을 조심스레 잔에 따랐다.

"이것 봐, 네가 태어난 연도의 빈티지를 찾아내느라 애를 좀 먹었어."

메건은 냉장고에서 환타를 꺼내어 플라스틱 컵과 함께 제이든의 손이 닿는 곳에 놓았다.

"환영식도 제대로 못 하고 떠나게 해서 미안해."

그제야 제이든은 만찬의 의미를 정확히 알아차렸다. 제이든이 민망해하며 어색하게 웃었다. 잠시 다른 생각을 품고 있었다는 걸 들키기라도 했다는 듯.

메건은 라자냐를 크게 떠서 제이든의 접시 위에 올려주었다.

"톰이 죽기 몇 달 전에 우리는 송어 농장으로 낚시를 갔지. 너는 너무 어렸으니 기억나지 않을 수도 있겠다. 저수지에 무지개송어를 풀어놓고 낚시를 하는 농장이었어. 낚은 송어는 즉석에서 슬라이스를 해주거나 구이용으로 손질해주는 곳이었지. 가족 단위로 한 시간에 30불 정도였으니 각지에서 많이들 놀러 왔어. 그런데 톰은 한 시간이 지나도록 한 마리도 잡지 못하는 거야. 오죽하면 들통 가득 송어를 담은 한 팀이 우리에게 두 마리를 던져줄 정도였으니까. 우린 결국 다른 사람들에게 받은 그 송어를 농장 주인에게 손질해달라고 부탁했지. 횟감으로 조금 나머지는 구이용으로 받아왔어. 톰과는 일본식 스시를 종종 먹기도 했으니 날 것으로도 도전해볼 생각이었던 거야. 나머지는 소금 간을 하고 로즈메리를 올려서 화로에 구웠어. 네가 그 송어 구이를 어찌나 좋아하던지."

메건은 와인 잔을 들고 톰이 주인일 게 분명한 다른 잔에 가볍게 부딪힌 후에 코끝으로 향을 맡았다. 제이든은 그런 메건을 보고는 몸을 반쯤 일으켜 그 잔을 가져갔다.

"건배라도 해요. 이게 마지막일 테니까."

제이든이 와인을 벌컥벌컥 마셨다.

"맛이 좋은걸요?"

제이든은 능청스럽게 굴려고 했지만 어색한 미소를 감추지 못했다. 그들 모자가 함께 술잔을 마주친 것 역시 처음이었다.

"그 뒤에 그 일이 벌어졌어. 내가 잠시 화장실에 다녀온 사이에. 톰이 네게 날것을 먹인 모양이야. 너무 잘 먹는다고, 기특하다고. 얼마나 지났을까. 너는 그 자리에서 토하기 시작했어. 선분홍빛 송어 살을 고스란히 게워 냈지. 나는 곧장 병원에 가야 한다며 흥분했지만 톰은 차분하게 네 등을 두드리며 잘했다, 잘했다고 말했어. 그때 나는 그 말이 무슨 의미인지 전혀 몰랐어."

제이든은 메건이 대체 무슨 말을 하려는지 모르겠다는 듯 와인을 홀짝이며 접시에 담긴 라자냐를 우걱우걱 씹어댔다.

"돌아오는 길에 톰은 네가 말을 잘 듣는 온순한 양 같다고 말하더구나. 메리를 따라다니는 동요 속에 그 양 말이야."

두 사람은 한동안 말이 없었다.

"어떻게 살아남았니?"

메건의 말에 제이든은 포크를 놓쳤고, 그걸 주우려 의자를 반쯤 뺐다. 잠시 후 제이든은 다시 원래대로 의자를 정돈해 앉았다. 제이든의 사나운 눈은 이제 메건을 노려보고 있었다.

"그게 궁금했구나."

제이든은 손을 뻗어 와인 병을 가지고 와서는 자기 앞에 놓인 잔에 와인을 넘치도록 가득 따랐다. 그러고는 곧장 와인을 입에 털어넣었다. 격식이라곤 찾아볼 수 없는 행동이었다. 곧 제이든은 조금 너그러운 얼굴이 되어 메건을 이해한다는 듯 고개를 끄덕였다. 취기가 오른 것이다.

"며칠이 지났을까. 그놈이 날 지목했어요. 누군가 여기에 씨앗을 잘 심어놨다고."

제이든이 제 가슴팍을 가리키며 말했다.

"그 남자는 감정이라는 게 없는 사람처럼 굴었어요. 따분해한다고 느낄 만큼 무표정한 얼굴로 내 검지를 방아쇠에 집어넣더니 손가락을 접으라고 말했죠. 나는 시키는 대로 했어요. 총소리가 들려도 아무도 찾아오지 않았어요. 나는 바닥에 널브러진 그 애가 누구인지 알고 있었어요. 그 사람이 나에게 그 애의 다리를 잡고 옆방으로 끌고 가라고 일렀어요. 두 다리를 옆구리에 끼운 채로 허리를 숙이며 앞으로 나아가라고."

순간적으로 메건은 헛구역질이 일었다. 그러나 그녀는 큰 숨을 들이쉬며 제이든의 말을 기다렸다.

"어쩔 수 없었어요. 누군가는 그 일을 해야만 했고, 그래야만 살아남을 수 있을 것 같았으니까. 살아서 엄마를 다시 보고 싶었으니까. 다른 생각은 할 수가 없었어요."

제이든은 그 일이 바로 눈앞에서 일어나고 있기라도 한 듯 순식간에 겁에 질려버렸다.

"돌이킬 수 없다는 걸 깨달았어요. 그 사람이 '이리 오렴, 내 두 번째 손가락'이라고 말했을 때 문을 열고 달아났어요. 무작정 아래로 내달렸어요."

"엄마에게 돌아오지 그랬니."

메건이 반사적으로 말했다.

"그러고 싶었어요. 정말 그럴 수만 있다면……."

제이든이 두 눈을 비볐다. 메건은 이제 완전히 텅텅 빈 와인 병을 바라보았다. 그녀는 향만 맡았을 뿐 한 모금도 마시지 않았다.

"얼마나 걸었는지 모르겠어요. 그러다 한 농가에 도착했고, 해뜨기까지 기다렸다가 사람들이 나가는 걸 보고 그 집에 들어가서 돈을 훔쳤어요. 그 일은 너무 쉬웠어요. 난 이미 달라져버렸으니까. 훔친 돈으로 빵을 샀고, 돈이 떨어지면 또 훔쳤어요. 부랑자처럼 하루하루 닥치는 대로 살았어요. 그러면서 계속 나 자신을 미워하고, 저주하고. 그러다 문득 어떤 생각 하나가 머릿속에서 자라나기 시작했어요."

제이든은 손바닥으로 얼굴을 마구 문질렀다.

"아빠도 누군가를 해치지 못해서 자신을 해쳤나? 그 남자 말에 무언가 의미가 있지 않을까? 내가 살아남은 게 그 살인마 새끼가 두 번째 손가락이 필요해서 그런 게 아니라, 자신이 거울 속에서 본 그 모습을 내게서도 봤기 때문은 아닐까?"

"어떻게 그런."

메건은 새어 나오는 신음을 삼키느라 입을 틀어막았다.

"여기저기 돌아다니며 나 같은 떠돌이를 모았고, 모두가 보는 앞에서 그중 하나를 죽였어요. 그러니까 다들 나를 떠받들더라고. 그 버스 기사는 제대로 보고 있었던 거야. 내가 어떤 인간인지 꿰뚫어 봤던 거라고."

"아니야, 제이든. 아니야."

메건은 제이든이 한 말을 전부 부정하고 싶었다.

"엄마는 그동안 뭘 한 거야. 난 이렇게 괴물이 되어버렸는데!"

제이든이 격양된 채로 소리쳤다. 메건은 제이든에게 다가가서 나지막이 말했다.

"잘 들어 제이든. 우리 이제 다시 예전으로 돌아가는 거야."

메건이 말했다.

"네가 무슨 짓을 했건, 넌 내 아들이야. 엄마는 언제까지나 네 옆에 있을 거야."

단호한 메건의 말에 제이든은 조용히 울먹이기 시작했다. 메건은 제이든을 껴안았다.

"그러니 제발 부탁이야. 옆집 아이."

메건은 제이든의 몸이 떨려오는 걸 느꼈다.

"그 애만은 돌아올 수 있게 해줘."

메건이 제이든의 머리에 입을 맞췄다.

제이든은 지친 기색이 역력했다. 그러면서도 메건의 품에서 뿜어져 나오는 어떤 에너지에 화답하듯 애써 미소를 지었다. 메건이 기억하는 그 미소를. 제이든은 주머니에서 휴대폰을 꺼내어 어디론가 전화를 걸었다.

"그 아이, 거기에 데려다 놔. 그 리조트에. 내가 나중에 설명할게."

제이든이 전화를 끊자 메건은 제이든의 머리카락을 쓸어내리며 말했다.

"괜찮아, 제이든. 이제 다 괜찮아."

그러자 메건은 정말 모든 게 다 괜찮을 것만 같은 기분이 들었다.

"엄마."

제이든이 메건을 불렀다.

"무서워요."

"걱정 마. 엄마는 언제나 너와 함께 있을 테니까."

메건의 목소리에 힘이 들어갔다. 문득 제이든은 목이 갑갑하다는 것을 깨닫고 연거푸 마른침을 삼켰다.

"엄마. 엄마."

그러면서도 제이든은 메건을 반복해서 불렀다. 자신이 아는 유일한 단어를 내뱉는 아이처럼 맹목적으로.

12

*

 스콧. 저예요, 메건. 부탁이 있어요. 조금 전 메시지로 마사 형사라는 분의 전화번호와 주소지를 하나 남겨뒀어요. 그분께 그 주소를 알려주세요. 이후 일은 마사 형사가 알아서 해결할 거예요. 제가 이렇게 음성 메시지를 남기는 까닭은……. 그동안 고마웠다는 인사를 하고 싶어서요. 저는 제이든과 함께 긴 여행을 떠나려고 해요.

 스콧. 물어보고 싶은 게 있어요. 우리는 왜 다른 사람을 도우려고 하는 걸까요. 생면부지인 남에게 자신을 내어주고 상처를 보듬으려 하는 걸까요. 그게 궁금했어요. 오랜 시간 제이든에게 잘해줘서 고마웠어요. 무엇보다 그 애가 거기 있다고 믿어줘서…….

 아침마다 건네는 농담이 저를 살려줬어요. 잘 지내요.

※

 제이든이 눈을 떴다. 차는 멈춰 있었다. 운전석에 앉은 메건은 핸들을 꽉 붙잡고 있었다. 그녀의 시선은 한곳에 닿아 있었다. 헤드라이트가 훤히 비치는 저편은 절벽이었다.
 "잘 어울려. 네 아빠처럼."
 메건이 말했다. 제이든은 톰이 뉴스 보도에서 곧잘 착용하던 카키색 체크무늬 넥타이를 매고 있었다.
 "엄마. 왜 이러는 거예요."
 제이든은 의자에 몸이 묶여 있어서 조금도 움직일 수가 없었다. 머릿속이 빙 돌면서 캄캄해지는 기분이었다. 목이 갑갑했다.

"송어 농장에서 돌아오는 길은 지지부진했어. 몇 번의 정체가 있었고, 길눈이 어두운 톰이 도로를 잘못 들어 두어 번 되돌아 나오기도 했어. 너는 곯아떨어져 일어날 생각을 안 하더구나. 그날 톰은 너에게 그런 걸 먹여서는 안 되었어."

상황을 파악한 제이든은 헤드레스트에 머리를 찧어가며 괴성을 질렀다. 그러나 메건은 말을 멈추지 않았다.

"집에 도착했을 때는 이미 새벽이 다 되어버렸지. 우리는 너를 침대에 눕히고 나서 함께 맥주를 마셨어. 아침이 될 때까지. 톰은 금방 취해버렸어. 장거리 운전에 이미 제정신이 아니었는지도 몰라. 그랬겠지. 술기운에 들떠서 장난처럼 고백했을 테지. 그러지 않고서야 굳이 그런 얘기를 할 필요는 없었으니까."

제이든은 온몸에 힘을 주는지 얼굴이 새빨갰다. 그러나 무슨 짓을 해도 무용할 뿐이었다.

"톰의 가족이, 그러니까 네 할아버지와 할머니가 그 집을 물려받게 된 이후로 톰은 방학 때마다 마음껏 숲을 누릴 수 있게 되었지. 숲속에는 둥치가 큰 나무들이 셀 수 없이 솟아 있었어. 그이는 전나무, 솔송나무, 삼나무가 어지러이 그러나 조화롭게 자라 있는 광경을 보자 짜릿함을 느꼈어. 나무에는 새들이 둥지를 틀고 있고, 다람쥐가 날쌔게 줄기 위를 오르락내리락했지. 큰 짐승의 발자국도 쉽게 찾아볼 수 있었어. 그 강렬한 태양은 거대한 우산에 가로막힌 듯 침입하지 못했어. 톰은 몇 시간이고 숲을 걸으며 나무를 관찰하는 데에 하루를 썼어."

제이든은 이를 악물고 메건의 말을 듣고 있었다. 물리적으로는 이 상황을 이겨낼 수 없다는 판단이 든 것이었다.

"그러다 문득 야릇한 감정이 든 거야. 땅에서 솟구쳐 나온 뿌리를 보고 그랬는지, 떨어지는 나뭇잎을 보고 그랬는지는 알 수 없어. 누구도 알 수 없을 거야. 톰은 어딘지도 모르는 그 숲속에서 자위를 하기 시작했어. 흙냄새를 맡으며. 얼마 안 가 이름 모를 한 나무에 사정했지."

메건이 콧숨을 쉬었다. 이 이야기는 누구에게도 한 적이 없었다.

메건은 상상할 수 있었다. 톰은 아무렇게나 슥슥 손을 닦고 돌아선다. 그렇게 한참을 걸어가던 톰은 문득 그 나무 앞으로 다시 돌아와 주변에 떨어져 있는 마른 잎을 나무 밑동에 모아둔다. 그러고는 얇은 나뭇가지를 하나 주워 든다. 톰은 주머니에서 라이터를 꺼내어 가지에 불을 붙인다. 나뭇잎에 불씨가 옮겨 붙자 타다닥타다닥 소리가 커지며 불길이 치솟기 시작한다. 톰은 몸을 돌려 왔던 길을 되돌아나간다. 함지박만 하게 입을 벌리며 숲에 내려앉은 차가운 공기를 깊숙이 들이마신다.

"이러지 말아요, 제발."

제이든이 애원했다. 그제야 메건은 고개를 돌려서 제이든을 바라보았다.

"너의 속은 너무 검고 환해. 그래서 두려워. 네가 나를 삼켜버릴까 봐."

메건이 말했다. 그건 톰의 일기장에 적혀 있던 문장이었다. 그러나 그 말은 제이든이나 톰이 아닌 메건 자신에게, 인간이라는 종에 건네는 것이기도 했다.

메건은 시동을 걸었다. 엔진이 위압적인 소리를 내며 몸을 떨었다. 제이든은 울기 시작했다. 죄책감이나 속죄에서 비롯한 눈물이 아니었다. 엄마가 자신을 버릴 거라는 걸 알아버린 아이가 느낀 공포의 감정이었다.

 어디선가 강한 바람이 불어왔고, 잡풀을 흔들어댔다. 그러고는 모든 게 고요 속에서 정지했다. 메건은 헤드라이트를 껐다. 그러자 저편에서 하늘이 열렸다. 타오르는 불처럼 환한 색색의 오로라였다. 메건은 기어를 넣고 액셀러레이터를 힘껏 밟았다. 바퀴가 헛돌며 흙더미를 튕기더니 이내 솟구치듯 앞으로 달려 나갔다. 메건은 창백하게 불타는 오로라를 바라보며 어쩌면 저건 톰이 숲을 빠져나가며 간간이 뒤돌아보았던 그 불꽃일 수도 있겠다고 생각했다. 그러다 톰이 들고 있던 빈 들통으로 들어간 두 마리의 송어가 뻐끔거리는 입술이 메건의 눈앞에 나타났다. 비늘이었다. 점박이 송어의 머리에서 꼬리로 길게 이어진 무지갯빛 비늘이 하늘 가득 펼쳐져 있었다.

 엔진이 굉음을 내며 최고 속력으로 치달았다. 가파른 절벽 끝으로 자동차가 달려들었다. 하루살이가 불 속으로 뛰어들듯 과감하게. 그리고 마침내 날고 있다,고 메건은 생각했다. 오로라에 붙잡혔던 시선이 미끄러지며 절벽 아래로 향했다. 이제 눈앞에는 물살이 휘몰아치고 거

품이 끓어오르고 있었다. 저 끝이 진짜 끝일까. 잠깐 사이에 메건은 그런 장면들을 상상했다. 샬롯의 집필실에 놓인 보라색 장미와 루이의 무덤 위에 놓인 작은 십자가 장식을, 마리아의 집 앞에 놓인 새 축구공을, 호세의 눈에 비친 노란 조명을, 플래시를 켠 채 호세를 끌어안는 마사의 얼굴을. 그러나 메건은 그 장면 중 무엇도 실제로 볼 수는 없을 것이었다.

메건은 손을 뻗어 제이든의 얼굴을 부드럽게 쓸어내렸다.
"이리 와. 제이든. 엄마에게 돌아와. 제자리로."
눈앞에는 송어 한 마리가 입을 쩍 벌리고 있었다.

13

※

 이번에는 제이든이 술래였다. 나무둥치에 서서 눈을 가리고 숫자를 세다 돌아보면 울창한 숲이 펼쳐졌다.
 "이제 찾는다."
 제이든은 큰 바위 뒤에 숨은 코비를 발견했다.
 "찾았다!"
 수풀 사이에서 한 명, 나무 뒤에서 한 명, 움막 안에서 한 명. 꾀가 많은 미아는 어디로 갔을까. 그러다 제이든은 누군가 자신을 부르는 목소리를 듣고 화들짝 놀랐다.

숲속 저편에서 실루엣이 보이더니 이내 선명해졌다.

"엄마."

제이든이 소리치자 숨어 있던 아이들이 하나둘 고개를 내밀었다.

메건이었다.

메건이 두 팔을 뻗자 제이든이 달려와서 힘껏 안겼다.

"이제는 엄마와 같이 사는 거야, 영원히."

메건이 제이든의 머리카락을 쓸어내리며 말했다. 다른 아이들도 몰려들어서 메건에게 안겼다.

"아줌마도 같이 놀아요."

미아가 말했다.

"우리 엄마 술래잡기 엄청 잘해. 금방 다 찾을걸?"

메건의 검은 눈동자가 순식간에 환해졌다.

메건은 다시 술래가 되었다. 그녀는 손등에 이마를 포갠 채로 숫자를 세었다. 하늘에는 황금빛 태양이 이글거리고 있었고, 머리 바로 위에는 붉은꼬리매 한 마리가 날개를 편 채로 공중을 선회하고 있었다. 낮은 바람이 한차례 땅 먼지를 쓸어냈다. 문득 모든 것들이 경이롭게 여겨졌다. 낙원에 첫발을 디딘 최초의 인간처럼. 이어 몸속 어딘가에서부터 작은 희열이 스프링처럼 솟구쳐 올랐다. 메건은 모든 게 진짜라는, 진짜인 게 틀림없다는 생각에 사로잡혀 소스라치게 전율했다.

*

한 커플이 스크린 앞에 나란히 서 있었다. 트랜스 휴먼이 설치한 대형 액정에는 '낙원의 아이들'이라는 타이틀의 미디어 아트 작품이 전시될 참이었다. 화면의 왼쪽 상단에는 실시간 라이브 방송임을 알리는 빨간색 버튼이 껌벅거리고 있었다. 관람이 시작된다는 안내방송이 나오자 사람들이 작품 앞으로 하나둘 모여 앉았다. 이내 무대 한쪽에 옅은 조명이 들어왔고, 재즈 기타리스트와 콘트라베이시스트가 등장했다. 사람들의 박수가 그친 무렵 연주가 시작되었다. 둥글둥글한 톤의 재즈 기타와 더블 콘트라베이스의 마이너한 선율이 만들어갈 곡은 〈Blue in Green〉이었다. 느른하다 해도 좋을 전개였다. 음과 음이 만나고 헤어지길 반복하다 어느 순간에는 가만한 침묵을 향유했다. 사람들은 저마다의 방식으로 작품을 관람했다. 화면 속 캐릭터의 얼굴을 알아보겠다는 듯 손가락으로 가리키는 사람도 있었다.

"그만 갈까."

에단이 말했다. 앤은 에단에게 팔짱을 끼며 돌아섰다. 그러다가 앤은 화들짝 놀라서 다시 화면을 향해 고개를 돌렸다.

나무등치에서 숫자를 다 센 술래가 막 뒤를 돌아본 참이었다. 어느 절벽 아래를 흐르는 물결처럼, 이제 막 피어난 오로라처럼. 메건의 검은 눈동자가 환하게 부서지고 있었다. ■

원안자의 말

블랙 인페르노라는 심연의 앞에서……

누구나 심연을 가지고 있다. 좀처럼 빠져나오기 힘든 구렁.

어떤 이야기를 상상할 때는 그 구렁 속으로 천천히 걸어 들어가보기도 한다.

《블랙 인페르노》의 첫 이미지는 그 심연의 입구에서 늘 서성이는 한 인물이었다. 그리고 그의 심연에 그와 함께 천천히 걸어 들어가보는 것이 이야기를 만드는 동력이 됐다. 그 구렁의 끝에 어떤 것이 기다리고 있을지, 그

것이 지옥일지 혹은 낙원일지, 규정짓지 않고 이야기를 만들어본 것이다. 고백하건대 그 끝이 무엇인지 모르고 한 치 앞도 보이지 않는 어둠을 향해 걸어가는 것은 두려운 일이기도 했고, 호기심이 이는 일이기도 했다.

이야기를 만들어낸다는 것은 그 이야기를 대면할 독자나 관객을 위한 것이기도 하지만 한편으로는 그 이야기를 만들고 있는 작가를 위한 것이기도 하다. 결국, 작가도 이야기를 만들어내며 즐기기 위해 이야기를 만들어내는 것이리라.

그래서 '블랙 인페르노'의 이야기를 만들어내며 즐거웠다. 공포와 호기심으로 짙은 어둠 속을 한발 한발 내디디며 이야기를 만들었다. 한 번도 가본 적 없는 워싱턴주의 캐나다 국경 지역에 자이언트 밸리라는 실재하지 않는 내 머릿속 가상의 공간을 만들고, 이 이야기의 주인공인 메건의 내면 그 자체로 느껴지는 비극의 실체를 하나씩 만들어갔다.

《블랙 인페르노》라는 작품은 내가 만들어낸 어두운 구렁에 관한 이야기이다. 이 작품을 읽는 독자들이 내가 이야기를 만들 때 느꼈던 공포와 호기심을 가지고 이 비극의 끝을 바라봐주길 바란다.

그리고 독자가 다다른 마지막 풍경에 오랫동안 시선을 거두지 않았으면 좋겠다.

이 이야기의 구상부터 함께 해준 류용재 작가와 그 심연의 풍경을 문장으로 구체화해준 오성은 작가에게 깊은 감사를 드린다.

대표집필 연상호

작가의 말

 나는 아직 블랙 인페르노에 있다. 메건이 서 있던 곳에. 나는 조심스럽게 절벽 아래를 본다. 저 아래에 무언가 보이는 것 같아. 캄캄한 어둠 속에 분명 무언가가 있다.
 메건은 여자로서, 엄마로서, 인간이라는 한 종으로서 투쟁하고 있다. 그 투쟁의 대상은 다름 아닌 자기 자신이다. 그리고 나는 그 투쟁의 목격자다. 절벽 아래에서 거칠게 휘몰아치는 물살이 금방이라도 머리카락을 잡아채어 그를 어디론가 데려갈 것만 같다. 그런데도 메건은 자꾸만 밑을 보고 있다. 저편을, 생사가 공존하는 인생이라는 아이러니를 응시하고 있다.

  매혹과 공포가 응축된 한 세계를 만들어낸 원안자들께 경의를 표한다. '블랙 인페르노'라는 세계가 내 안에 있는 작은 어둠을 직시하게 해주었다. 그 놀랍도록 생경한 느낌이 독자들에게도 전해지기를 바란다.

오성은

블랙 인페르노

1판 1쇄 발행 2025년 9월 10일

원안 · 연상호 류용재
소설 · 오성은
펴낸이 · 주연선

04035 서울특별시 마포구 양화로11길 54
전화 · 02)3143-0651~3 | 팩스 · 02)3143-0654
신고번호 · 제 1997—000168호(1997. 12. 12)
www.ehbook.co.kr
ehbook@ehbook.co.kr

ISBN 979-11-6737-574-2 (03810)

- 이 책의 판권은 지은이와 은행나무에 있습니다. 이 책 내용의 일부 또는 전부를 재사용하려면 반드시 양측의 서면 동의를 받아야 합니다.

- 잘못된 책은 구입처에서 바꿔드립니다.

WOWPOINT PUBLISHING 와우포인트 퍼블리싱은 (주)은행나무출판사의 임프린트 브랜드입니다.